뒤라스의 말

**La passion suspendue**

Entretiens avec Leopoldina Pallotta della Torre
by Marguerite DURAS,ⒸÉditions du Seuil, 2013
Korean translation copyrightⒸMaumsanchaek, 2021

Published by arrangement with Éditions du Seuil.
through Sibylle Books Literary Agency, Seoul

# 뒤라스의 말

중단된 열정,
말할 수 없는 것들에 대하여

마르그리트 뒤라스·레오폴디나 팔로타 델라 토레

장소미 옮김

마음산책

## 옮긴이 장소미

숙명여자대학교 불어불문학과와 동대학원을 졸업하고, 파리3대학에서 영화문학 박사과정을 마쳤다. 옮긴 책으로 마르그리트 뒤라스의 『부영사』『타키니아의 작은 말들』, 미셸 우엘벡의 『지도와 영토』『복종』, 로맹 가리의 『죽은 자들의 포도주』, 파울로 코엘료의 『히피』, 브누아 필리퐁의 『루거 총을 든 할머니』, 에르베 기베르의 『내 삶을 구하지 못한 친구에게』, 조제프 인카르도나의 『열기』, 안 이카르의 『날개 꺾인 너여도 괜찮아』, 베르나르 키리니의 『아주 특별한 컬렉션』, 필립 지앙의 『엘르』, 필립 베송의 『이런 사랑』『10월의 아이』『포기의 순간』, 마르크 레비의 『두려움보다 강한 감정』『그때로 다시 돌아간다면』, 아녜스 르디그의 『기적이 일어나기 2초 전』『그와 함께 떠나버려』, 앙리 피에르 로셰의 『줄과 짐』『두 영국 여인과 대륙』, 앙투안 콩파뇽의 『인생의 맛』, 샤를 페로의 『거울이 된 남자』, 조제프 퐁튀스의 『라인』 등이 있다.

# 뒤라스의 말
## 중단된 열정, 말할 수 없는 것들에 대하여

1판 1쇄 발행 2021년 9월 30일
1판 2쇄 발행 2021년 12월 20일

지은이 | 마르그리트 뒤라스 · 레오폴디나 팔로타 델라 토레
옮긴이 | 장소미
펴낸이 | 정은숙
펴낸곳 | 마음산책

편집 | 권한라 · 성혜현 · 김수경 · 이복규 · 나한비
디자인 | 최정윤 · 오세라 · 차민지
마케팅 | 권혁준 · 권지원 · 김은비
경영지원 | 박지혜

등록 | 2000년 7월 28일(제13-653호)
주소 | (우 04043) 서울시 마포구 잔다리로 3안길 20
전화 | 대표 362-1452 편집 362-1451  팩스 | 362-1455
홈페이지 | www.maumsan.com
블로그 | blog.naver.com/maumsanchaek
트위터 | twitter.com/maumsanchaek
페이스북 | facebook.com/maumsan
인스타그램 | instagram.com/maumsanchaek
전자우편 | maum@maumsan.com

ISBN 978-89-6090-694-5 03860

* 책값은 뒤표지에 있습니다.

"인간 존재는 그저 단절된 충동들의
한 묶음일 뿐이에요.
문학은 그 상태 그대로를 복원해야 하죠."

■ 일러두기

1. 이 책에 수록된 인터뷰는 1987~89년 이뤄진 레오폴디나 델라 토레의 뒤라스 인
   터뷰를 바탕으로 한다. 토레의 인터뷰집은 1989년 이탈리아에서 출간되었고 이후
   2013년 프랑스에서 출간되었다. 『뒤라스의 말』은 프랑스어판을 번역한 것이다.
2. 인명·지명 등은 '외래어 표기법'을 따르되 관용적 표기와 동떨어진 경우 절충하여
   실용적 표기를 따랐다.
3. 원서의 주와 옮긴이 주 모두 각주로 처리하되 후자의 경우 주석 끝부분에 '옮긴이
   주'임을 밝혀두었다.
4. 영화의 우리말 제목은 국내 개봉명, 비디오나 DVD 출시명을 따랐다. 미개봉·미출
   시작은 원제를 직역하거나 관용적으로 사용하는 작품명을 썼다.
5. 영화와 방송 프로그램 제목, 잡지와 신문 등의 매체명 등은 〈 〉로 표기했고, 기사
   제목과 편명은 「 」로, 시나리오집, 희곡집, 소설 등 단행본의 제목은 『 』로 표기하
   였다.
6. 글자를 굵게 표시한 곳은 원서에서 이탤릭체로 강조한 부분이다.
7. 사전에 저작권자의 허가를 얻지 못한 도판은 저작권자와 연락이 닿는 대로 사용 허
   가 절차를 밟을 예정이다.

마르그리트 뒤라스를 처음 만난 건 1987년이었다. 『파란 눈 검은 머리』의 이탈리아어 번역본이 출간되고 얼마 지나지 않아서였다.

일간지 〈스탐파〉를 위한 이 인터뷰를 따내기란 그리 녹록지 않았다.

우선 작가를 설득하기 위해 여러 차례 전화를 걸어 우리의 의도를 장황하게 설명해야 했다. 그녀는 모든 것이 심드렁한 무기력증에 빠져 있는 듯했다. 감기에 걸렸다는 핑계나 일에 치였다는 앓는 소리(나중에야 알게 됐는데, 영화 〈연인〉의 시나리오 작업 중이었다)로 계속해서 만남을 회피했다.

그러던 어느 오후, 내가 뒤라스의 이탈리아어 번역본 출판인 중 한 명인 잉게 펠트리넬리와의 친분에 대해 이야기하자, 일순 멈칫하더니 말했다. "당장 나한테 전화하라고 해요." 나는 잉게에게 전화를 걸어 뒤라스에게 연락해보라고 부탁했다. 30분 남짓 뒤, 뒤라스는 아무 설명 없이 인터뷰 약속을 잡아줬다.

약속된 날, 나는 뒤라스가 사는 생브누아 거리에 조금 일찍 도착했다. 4층 층계참은 좁고 어둑했다. 벨을 누르고 나서 몇 분을 기다린 뒤에야 문 뒤에서 웬 남자 목소리가 들렸다. 작가가 9년간 함께 살고 있는 얀 앙드레아가 바로 떠올랐다. 남자는 아파트 건물 1층의 비스트로에서 커피 한잔 들며 기다리다가 30분 지나면 올라오라고 권유했다. 아파트 안쪽에서 뒤라스의 목소리가 들렸다. 우리의 인터뷰 약속을 잊었노라는 내용이었다.

30여 분 뒤, 늘 그렇듯 앉아 있는 뒤라스의 뒷모습이 보였다. 작았다. 정말 작았고, 종이며 이런저런 물건들이 어지러이 널려 있는 먼지투성이 방에서 책상에 팔을 걸치고 있었다.

뒤라스는 내 말은 전혀 듣지 않은 채 잠자코 내 얼굴을 뚫어져라 바라보다가, 이윽고 그녀가 방법을 아는 그 특별한 음색으로 극도로 세심한 주의를 기울여—톤과 사이 두기를 조절하여—말하기 시작했다. 그녀는 이따금 마뜩잖은 듯 말을 멈추고는 내가 공책에 필기한 메모를 좀 더 정확하게 바로잡았고, 전화벨이 울리기라도 하면 곧바로 내 손을 꼭 붙들어 제지함으로써 통화 내용을 단 한 줄도 옮겨 적지 못하게 했다.

내가 머무는 내내(세 시간, 혹은 그 이상), 뒤라스는 서랍에서 커다란 박하사탕을 연신 꺼내어 입에 물었고 나한테는 겨우 마지막에 한 개를 건넸을 뿐이었다.

인터뷰가 끝나자 뒤라스는 심지어 사진 촬영마저 허락했다. 포즈를 취하기 위해 이른바 'M. D.의 교복'인 익숙한 옷차림—짧은 A라인 치마, 터틀넥 스웨터, 검은색 조끼, 통굽 신발—의 몸을 천천히 돌렸다. 렌즈를 응시하며 파란 눈과 손가락의 원석 반지들이 프레임 안에 들어가게 하기 위해서였다. 나는 집을 나서며 다시 와도 되는지 물었다. "좋을 대로. 하지만 시간을 많이 낼 순 없어요"라는 대답이 돌아왔다.

내가 작별 인사를 하기 위해 몸을 숙이자 그녀가 내게 볼 키스를 했다.

여름이 지나고 파리로 돌아온 나는 뒤라스에게 전화를 걸어, 이탈리아에서 맛있는 파르메산 치즈를 가져왔노라고 유혹했다. 정오였고, 뒤라스는 이제 막 잠에서 깨어난 참이었다. 그녀가 말했다. "잘됐네요, 마침 집에 먹을 게 아무것도 없었는데."

그녀는 몇 분 뒤에 집에 들르라고 말했다. 이번에도 문을 열어준 건 그녀가 아니었다. 얌전하고 근면한 얀은 내 손에서 무거운 상자를 받아 들더니 내가 무어라 말할 틈도 주지 않고서 재빨리 문을 닫아 버렸다.

더 이상 밀어붙이지 말아야 한다는 걸 알 수 있었다. 나는 며칠을 흘려보냈다.

그리고 어느 오후, 시간과 함께(어쩌면 불가피하게) 두 여자 사이에 자리 잡은 공감대와 친밀감 속에서, 길고 긴 수다와 대화가 이어졌다.

나중에 다시 구성되고 배열된 우리의 이야기—그녀의 생략된 말—는 군데군데 맥락이 닿지 않긴 했지만, 그렇게 탄생했다.

이야기가 몇 시간이고 끝도 없이 이어졌다.

뒤라스가 단호한 어조로 "이제 그만, 이걸로 충분해"라고 말하기 전까지.

얀이 마치 신호가 떨어지길 기다리기라도 한 듯 다른 방에서 나타나 뒤라스를 밖으로 데리고 나가 어깨에 딸기색 코트를 살짝 걸쳐주었다.

뒤라스는 이야기하는 내내 주름진 하얀 얼굴을 잡아당기는가 하면 벅벅 쓸어내렸고, 젊을 때부터 쓰던 남자 안경을 벗었다가 다시 쓰기를 반복했다.

나는 그녀가 떠올리는 기억들과 깊은 생각들을 들었고, 이야기가 진행됨에 따라 점점 풀어지며 천성적인 경계심을 허무는 걸 보았다. 자기중심적이고, 거만하고, 완고하고, 수다스러운 인물이었다. 그러면서도 순간순간 다정하고, 흥이 올라 목소리가 높아지는가 하면, 소심해지고, 큭큭 참거나 깔깔 터뜨리는 웃음소리를 낼 줄 알았다. 또한 돌연 왕성하고 제어되지 않는, 거의 어린아이 같은 호기심으로 만면에 생기가 돌기도 했다.

우리가 마지막으로 만났던 날이 아직도 기억난다. 늘 그렇듯 텔레비전이 거실 안쪽 구석에서 켜져 있었고, 뒤라스의 얼굴은 며칠 동안 부어 있는 듯 피곤해 보였다.

그녀가 나에 관해 모든 걸 알고 싶어 했다. 그녀처럼 나도 나의 인생이며 사랑에 대해 털어놓도록 유도하는 질문 세례가 쏟아졌다. 나는 긴 시간 동안 나의 엄마에 대해 이야기했다. "엄마란, 아마 끝까지 우리가 일생을 통해 만나는 인물 중에서 가장 예측이 불가하고 가장 미친 존재일 거야." 그녀가 이미 희미해진 미소를 머금으며 말했다.

레오폴디나 팔로타 델라 토레

# 차 례

"내 생각은 달라요.
사랑이 비록 모든 예술의 주요 주제일지라도,
그것에 대해 이야기하고 묘사하는 것보다
더 어려운 건 아무것도 없으니까요.
열정은 가장 진부한 동시에 가장 모호하거든요."

# 유년시절

"그 사람들의 조화로운 웃음소리가
아직도 귀에 쟁쟁해요. 불굴의 생명력을
증명하는 것 같았다고 할까요."

토레    사이공에서 몇 킬로미터 거리의 지아딘에서 태어나셨고,
이후로 가족과 함께 빈롱, 사덱 등지로 수없이 이사를 다
니셨어요. 그렇게 당시 프랑스 식민지였던 베트남에서 열
여덟 살 때까지 사셨죠. 특별한 유년시절을 보냈다고 생
각하시는지요?

뒤라스    문득문득 내 글쓰기는 전부 그곳의 논과 숲과 고독 사이
에서 싹텄다는 생각을 해요. 한 시절 머물다 가는 백인 아
이면서도 프랑스인이기보다는 베트남인, 비쩍 마르고
영혼이 혼란스런 그 어린아이한테서. 예절도 모르고 시간

도 모른 채 늘 맨발로 떠돌다가, 해거름이면 강가에서 석양에 벌게진 얼굴로 하염없이 노을을 바라보는 게 일과였어요.

토레　아이였던 선생님의 모습을 그려보신다면요?

뒤라스　작았어요. 언제나 작았죠. 나한테 귀엽다고 말하는 사람은 아무도 없었어요. 우리 집엔 날 들여다볼 거울이 없었죠.

토레　그 기억의 지층과 선생님의 글은 어떤 관계가 있나요?

뒤라스　그 시절에 대해 섬광 같은 기억들이 있어요. 하도 강렬해서 글로는 결코 형용할 수 없는. 다행이에요, 그렇지 않나요?

토레　인도차이나에서의 유년시절은 선생님의 상상력에 필수적인 레퍼런스잖아요.

뒤라스　그 밀도는 절대 동등할 수 없죠. 스탕달이 옳아요. "유년시절은 끝이 없다."

토레　가장 오래된 기억들은 어떤 건가요?

뒤라스의 어린 시절 모습

뒤라스    태어나서 처음 몇 년간 살던 고원지대에 감돌던 비 냄새,
         재스민 냄새, 고기 냄새요. 인도차이나의 고단한 오후에
         는 우리 어린아이들이 보기에 우리를 둘러싼 숨 막히는
         자연에 대한 도전 정신이 내포돼 있었죠.
         금지와 미스터리의 기운이 숲을 지배했어요. 우리들, 나
         와 두 오빠에겐 마냥 즐거웠던 시절이에요. 셋이서 모험
         을 감행하며, 얽히고설킨 칡넝쿨과 난초들을 이리저리 헤
         치고 다녔으니까. 매 순간 뱀이나, 뭐랄까, 다른 위험한
         동물, 호랑이를 마주칠 위험이 도사리고 있었죠.
         이건『태평양을 막는 제방』에서도 길게 얘기했어요.
         나를 감쌌던 대자연의 초인적인 고요와 형용할 수 없는
         부드러움이 잊히지 않는 인장을 남겼거든요.
         물론 마을 밖의 나병 환자 요양소 근처를 지나며 신을 원
         망했더랬죠. 희미한 죽음의 기운이 우리가 살았던 시암의
         국경을 따라 이어지는 언덕 허리에 떠다녔어요. 그럼에도
         웃음소리가 터져 나왔죠. 그 사람들의 조화로운 웃음소리
         가 아직도 귀에 쟁쟁해요. 불굴의 생명력을 증명하는 것
         같았다고 할까요.

토레     그 모든 것 이후로 오늘날의 선생님께 인도와 인도차이나
         는 어떤 이미지인지요?

뒤라스　　그 나라들은 광란, 가난, 죽음, 삶의 광기가 뒤죽박죽으로 쌓인, 세상의 부조리의 심장이에요.

토레　　　선생님의 책이나 영화들 속에 구현된 동양은 쇠락하고 황폐한 동양인데요, 그걸 어느 정도까지 사실로 보아야 할까요?

뒤라스　　난 식민지 시대가 한창일 때 그곳에 살았다가 이후로는 한 번도 다시 가본 적이 없어요.˙ 게다가 이른바 리얼리즘의 사실성은 나와 아무 관련이 없고요.

토레　　　프랑스어와 인도차이나어를 동시에 사용하며 자라셨는데요, 이 2개 국어 병용이 선생님께 어떤 영향을 끼쳤는지요?

*"그게 내 인생 전체를 결정지었지 싶어요.*
*내가 이리저리 떠돌며 갖고 다니던 그 모든 것이,*
*멀어지고 결여되었다는 사실로 인해 한층 더 강렬해졌죠."*

뒤라스　　몇 년 동안은 그곳에서 보냈던 삶의 대부분을 내 안에서 몰아냈어요. 그러다 별안간, 처음 12년 동안의 삶이, 무의식 속에 각인되었던 그 모든 것이 난폭하게, 날 다시 찾아

˙　　　뒤라스는 1932년에 베트남을 떠난 이후로 한 번도 다시 간 적이 없다.

왔죠. 가난과 공포, 숲의 어둠, 갠지스강, 메콩강, 호랑이들, 물을 찾아 길가로 나와 쌓여 있던, 볼 때마다 오싹했던 나병 환자들. 내 나라가 내게 이런 식으로 복수를 하는구나, 라는 생각이 들었어요.

토레   아주 어릴 때부터 떠도는 것에, 집과 도시를 바꿔 사는 것에 익숙하셨어요.

뒤라스   식민지 파견 공무원이었던 아버지의 직업 때문이죠. 어렸을 땐 집은 전혀 보지 않았어요. 집 안의 물건이나 가구들도. 그런데도 그 모든 게 그냥 아는 거였죠. 익숙했어요. 어둠 속에서 짐승처럼, 눈을 감고도 요리조리 다닐 수 있었으니까. 어른들이 지긋지긋해지면, 피신하는 장소들이 있었던 기억이 나요. 그때부터 나는 늘 장소를 찾아다녔고, 결코 내가 있고 싶은 곳에 있지 못했죠. 네, 떠돌이의 삶이었다고 할 수 있어요.

토레   유배된 삶이라고 할 수도 있고요. 거의 50년 전에 선생님의 나라를 영원히 떠나셨으니까요.

뒤라스   그게 내 인생 전체를 결정지었지 싶어요. 유대인처럼, 내가 이리저리 떠돌며 갖고 다니던 그 모든 것이, 멀어지고 결여되었다는 사실로 인해 한층 더 강렬해졌죠.

토레    그 특별한 유년시절이 선생님을 어떻게 결정지었다고 생각하시는데요?

뒤라스   아직까지도 내 안엔 원시적인 무언가가 남아 있어요. 삶에 대한 일종의 동물적인 집착이라고 할까요.

"난 나를 짓누르는 침묵을 말하게 하려고
글을 쓰기 시작했어요. 열두 살 때인가,
오직 글쓰기만이 방법인 것 같았죠."

토레    『연인』이나 『태평양을 막는 제방』 같은 책들은 다르게는 '실내에 모인 가족의 초상' 내지는 '풍속도'로 읽힙니다. 어머니와 복합적인 관계가 되기 전인 청소년 시절까지, 가족과의 관계는 어떠셨나요?

뒤라스   우리 가족이 살아가는 방식은 뭔가 고상하기도 하고 거칠기도 했어요. 확실히 유럽이나 프랑스의 교육은 아니었죠. 서로 속마음을 감추지 않았고, 가족들을 지배하고 이어주는 원초적이고 공격적인 본능에 기대지도 않았고요. 어쨌든 우리 가족은 다들 우리가 오래도록 함께 살 운명이 아니란 걸 알았어요. 우리에게 가족이란 공동의 생존을 위해 필요한 것일 뿐, 곧 제각기 흩어져 각자의 삶을 시작하게 되리란 것을.

토레 그 모든 것이 선생님이 미래의 작가가 되는 데 지대한 영향을 끼친 건 아닐까요?

뒤라스 난 나를 짓누르는 침묵을 말하게 하려고 글을 쓰기 시작했어요. 열두 살 때인가, 오직 글쓰기만이 방법인 것 같았죠.

토레 네 살 때 아버지가 돌아가시고, 어머니와 두 오빠와 함께 남으셨지요.

뒤라스 이제 그들 모두가 세상을 떠난 마당인 만큼 편하게 얘기할 수 있겠네요. 고통이 날 떠나갔어요.
작은오빠는 몸이 여위고 날렸더랬죠. 신은 이유를 아시지만 작은오빠를 보면 내 첫 연인인 중국인이 떠올랐어요. 말수가 적었고, 겁이 많았죠. 난 작은오빠가 죽는 날까지 도저히 그를 떼어낼 수 없었어요.
다른 오빠는 건달이었어요. 양심도 없었고 후회란 것도 할 줄 몰랐죠. 감정 자체가 아예 없었을 거에요. 권위적이어서 우리를 벌벌 떨게 만들었고요. 나한텐 아직까지도 큰오빠

인도차이나에 머물던 시절, 뒤라스와 그의 가족

와 영화 『사냥꾼의 밤』 속의 로버트 미첨 캐릭터가 결부돼
요. 부성 본능과 범죄 본능이 혼합된 인물. 아마 내가 늘 남
자들에게 느껴왔던 불신도 거기서 비롯됐을 거예요.

큰오빠를 마지막으로 본 건 나한테 돈을 뜯어내기 위해
파리에 있는 내 집에 왔을 때예요. 나치 점령기였고, 남편
이었던 로베르 앙텔므가 강제수용소로 끌려갔었죠. 그 몇
해 뒤에야 알았지만 큰오빠는 엄마한테서도 돈을 훔치고
술독에 빠져 살다가, 병원에서 혼자, 죽었어요.

토레     로베르트 무질의 『특성 없는 남자』 스토리에서 영감을 얻
어 쓰신 희곡 『아가타』를 보면, 아가타와 아가타의 오빠
인 울리히 사이가 근친 간의 사랑으로 추정되는 장면이
등장하는데요.

뒤라스     네, 열정의 마지막 단계예요. 내가 오빠한테 증오가 밑바
탕에 깔린 열정을 품었을 수도 있겠다는 생각을 오랫동안
부인했었죠. 오빠가 날 바라보는 방식을 보면 그 반대라
는 생각이 확고해졌으니까요. 집에 턴테이블이 생겼을 때
도 오빠와는 절대 춤추고 싶지 않았어요. 오빠와 몸이 닿
는다는 생각에 혹하면서도 끔찍했거든요.

토레     선생님의 오빠 캐릭터는 『태평양을 막는 제방』과 『연인』

에도 등장합니다.

뒤라스 오직 『연인』에 이르러서야 오빠에 대한 증오에서 해방될 수 있었어요. 큰오빠는 프랑스에서 전기기술자가 됐고, 난 작은오빠와 함께 지냈어요. 작은오빠는 엄마의 히스테리와 분노를 함께 받아내는 나의 유일한 동지였죠. 작은오빠와 난 엄마가 바라던 자식들이 아니었을 거예요.

토레 『숲속에서 보낸 나날들Des Journées Entières dans les Arbres』은 오랫동안 식민지에서 살다가 프랑스로 귀국한 뒤 가장 애착하는 자식이었던 큰아들—도둑에 사기꾼이죠—과 재회하는 노부인의 이야기예요.

뒤라스 맞아요. 세 자식 중에서 늘 가장 사랑받았죠. 엄마는 당신이 남동생과 여동생이 생기게 해서 큰오빠를 질투하게 만들었다고 자책했거든요.

토레 어머니가 선생님한테는 어떻게 대했나요?

뒤라스 엄마는 우리의 이국적인 외모를 참을 수 없어했어요. 우리가 프랑스인이라는 걸 끊임없이 일깨웠고, 우리는 밥과 생선과 엄마가 낮잠 잘 때 몰래 훔쳐 먹는 망고가 더 좋은데도 강제로 빵과 꿀을 먹게 했죠. 열다섯 살 때는 혼혈아 취급을 받기도 했어요. 때로 날아오는 자극적인 모욕에도 난 대꾸하지 못했죠. 우리가 아는 한 엄마는 남편에게 방치된 몇 달 동안조차, 남편을 배신한 적이 없어요.

토레    아버지에 대해서는 늘 별 언급이 없으세요.

뒤라스   그건 어쩌면 내가 무의식적으로 아버지를 떠올리면서 살아가고, 계속해서 글을 썼기 때문인지도 몰라요. 난 남자들이 아빠라도 되는 것처럼 헤어졌다 다시 만나곤 했어요. 아버지는 교사셨고, 수학책을 쓰셨죠. 너무 일찍 돌아가셔서, 실은 아버지에 대해 아는 게 전혀 없다고 말할 수 있어요. 다만 아버지의 맑은 시선을 떠올리며, 이따금 그 시선이 나를 바라보고 있다고 느끼는 정도죠. 아버지에 관해 내가 가진 건 빛바랜 사진 한 장이 다예요. 엄마는 우리한테 절대 아버지에 대해 얘기한 적이 없어요.

토레    아버지가 돌아가시고 나서 가족들은 어떻게 됐나요?

뒤라스   우린 찢어지게 가난했고, 엄마는 머릿속에 오직 가난에서 벗어나려는 생각뿐이었죠. 과부가 되자 그 땅, 태평양의 범람으로 경작이 불가능한 논을 사들여 20년 남짓 동안 헛된 노동을 쏟아부었어요. 방파제가 바닷물을 이기지 못하고 무너져 내리자 엄마는 더는 온전할 수가 없었죠. 말하자면 약간 제정신을 잃게 된 거예요. 우리가 모두에게 버림받았다는 말을 입에 달고 살았죠. 우리한테 땅을 팔아먹은 공무원들이 부자가 되는 동안, 엄마는 짐승처럼 일만 하다가 결국 가난하고 성마르고 혼자인 사람이 돼버렸어요. 늙어서는 루아르 강가로 죽으러 갔죠. 식민지가 더는 존재하지 않게 된 이후로 당신이 살아갈 수 있는 유일한 장소라고 입버릇처럼 말하던 곳이에요.

"한 인간의 존재 속에서 엄마란
그가 만난 사람들 중에 결단코, 가장 이상하고
예측이 불가하며 파악되지 않는 사람일 거예요."

토레　　　『철면피들Les Impudents』에 이어서 다시 『연인』과 『태평양을 막는 제방』까지, 어머니는 선생님의 소설 속에 재등장합니다.

뒤라스　　『태평양을 막는 제방』 때는 엄마가 대노했던 게 기억나요……. 내 삶은 엄마를 관통해서 흘러왔어요. 엄마는 내 안에 살아 있다 못해 강박이 되었죠. 만일 내가 어렸을 때 엄마가 죽었다면 나도 죽었을 거예요. 엄마와 이별한 지

아주 오래됐지만 그날 이후로 난 그 사실에서 완전히 회복되지 못한 기분이에요.

**토레**   어머니는 어떤 여성이었나요?

**뒤라스**   극성스럽고 미친 사람이었죠. 오직 엄마들만이 그럴 줄아는 것처럼. 한 인간의 존재 속에서 엄마란 그가 만난 사람들 중에 결단코, 가장 이상하고 예측이 불가하며 파악되지 않는 사람일 거예요. 우리 엄마는 건장하고, 강한 여자였어요. 어쨌든 우리가 놓였던 그 음울한 삶의 국면으로부터 언제든 우리를 보호할 준비가 돼 있었죠.
늘 해지고 오래된 옷을 입었고요. 지금도 엄마가 나이트가운을 입고서 식민지의 침실이나 어두침침한 거실에서 성큼성큼 걸어 다니며 더 이상 프랑스로 돌아가고 싶지 않다고 울부짖던 모습이 눈에 선해요. 엄마는 프랑스 남단에 위치한 파드칼레 농부의 딸이었어요. 식민지를 떠날 때까지 베트남어로 말하기를 거부했죠. 하지만 본토 학생들이 다니는 학교의 교사였고, 확실히 백인들보다는 베트남인들과 더 가까웠어요. 엄마의 학생들이 우리 집에 왕왕 찾아와 나와 함께 놀았죠. 여학생들이었는데 그때 그들이 보여줬던 호의와 환희를 결코 잊을 수 없어요. 그들은 날이 더울 때면 강이나 호수 속에 몸을 담그고 아예

인도차이나에 머물던 시기 뒤라스와 그의 엄마

거기 들어가 살았어요. 아닌 게 아니라 나의 유년시절의
모든 풍경이 거대한 물의 나라, 그거네요.

*"가장 확실하게 우리 것으로 남는 것들은 바로 그거,*
*우리가 육성으로 직접 들은 말들이라고 생각해요."*

토레  어머니와의 또 다른 기억은요?

뒤라스  탁월한 이야기꾼이기도 했어요. 살면서 수많은 것들을,
수많은 책과 대화 들을 잊었지만, 엄마가 밤에 우리를 재
우며 느릿느릿 들려주던 몇몇 이야기들은 기억에 남아 있
죠. 가장 확실하게 우리 것으로 남는 것들은 바로 그거,
우리가 육성으로 직접 들은 말들이라고 생각해요.

토레  오늘날은 어머니한테 어떤 걸 느끼세요?

뒤라스  엄마의 광기는 내 속에 영원히 각인됐죠. 염세주의도 그
렇고요. 엄마는 우리 모두를 멸절시킬 전쟁이나 자연재해
를 끊임없이 기다리며 살았어요. 결국 내게도 농부에게
강한 정서인, 가정의 아늑함이라는 정서를 물려주고야 말
았죠. 가정을 마지막 보루나 피신처처럼 느끼는 거죠. 실
제로 엄마는 집 안의 곳곳에 피신처를 만들어놓을 줄 알

았고요.

토레      선생님은 어머니가 딸보다는 또 다른 아들을 원했을 것이고, 그 때문에 딸인 선생님은 청소년 시절에 어머니의 그 기대를 저버리지 않기 위해 무엇이든 했을 거라고 수차례 말씀하셨는데요.

뒤라스      정확한 말은 아니에요. 엄마는 내가 너무 유식해지는 걸 원치 않았고, 그 부분은 맞아요. 엄마는 지식인들에게 어떤 근원적인 공포가 있었어요. 자신이 온전히 이해하지 못하는 모든 것들에 대한 공포가요. 살면서 엄마 손에 책이 들려 있는 걸 단 한 번도 본 기억이 없어요. 바로 그 때문에, 또한 다른 수많은 이유들 때문에 난 집을 영원히 떠나기로 결심했죠.

토레      메콩강에서 상상한 프랑스에서의 삶은 어떤 것이었나요?

뒤라스      유럽의 이미지는 오직 엄마의 이야기를 통해서만 떠올릴 수 있었어요. 유럽에 왔을 때 서구의 생활 방식과 어법을 따르기란 녹록지 않았죠. 별안간 신발을 신고 스테이크를 먹어야 했으니까……

# 파리지엔느 시절

"난 본격적으로 참여하진 않았어요.
정치는 나와는 아주 거리가 먼 무엇이었으니까.
난 스스로 젊고 냉담하다고 느꼈어요."

**토레**    막 열여덟 살이 되었을 때 홀로 파리로 떠나셨지요?

**뒤라스**    가족이 내가 무얼 하는지 속속들이 알 수 있는 문 뒤에서,
그 모든 세월을 보내는 건 잘못이라는 걸 깨달았죠. 새 삶
을 시작하고 싶었고, 엄마한테 내가 혼자서 삶을 헤쳐나
갈 수 있다는 걸 증명해 보이고 싶었어요. 우리 모두는 엄
마가 미리 정해놓은 것이 우리에게 가능한 유일한 모험이
기 때문에, 집에서 도망치는 게 아닐까요?

**토레**    파리로 와서 곧바로 대학교에 등록하셨어요.

뒤라스　장학금을 따냈고, 무엇이든 시작해야 했어요. 처음엔 무척 힘들었죠. 우선 수학과에 등록했어요. 보나마나 아버지의 길을 따르려던 것이었겠죠. 이탈로 칼비노와 레몽크노가 과학과 문학 사이에 매우 깊은 연관성이 있다고 주장하기도 했고요. 이후에 정치대학인 시앙스포Sciences Po.에 가려고 시도했지만 결국 법학을 전공했죠. 첫 시험을 치렀을 때, 엄마한테서 물려받은 그 고질적인 결핍감이 극복되기 시작했어요. 엄마는 식민지의 공무원이나 세관원 같은, 당신이 높은 자리라고 여기는 이들에 대한 열등감에 시달렸거든요.

토레　파리 생활은 어땠나요?

뒤라스　학생의 삶이었죠. 수업을 듣고, 카페에서 샌드위치를 먹거나 수다를 떨다가, 밤이면 술집에 가는. 그땐 모두가 젊었고 돈이 없었어요.
그 시절에 대해선 특별히 기억나는 게 없어요. 그래서 그 시절을 일절 얘기하지 않는 걸 거고요. 때로 그 시절은 어둠 속으로 삼켜져버렸다는 기분이 들기도 해요.

토레　파리지엔느 시절 초창기에 맺은 관계들은요?

뒤라스　우선은 나처럼 대학에서 수업을 듣던 학생들이죠. 그러다 어느 날, 파리 근교의 부촌인 뇌이에 사는, 한 유대인 청년을 만났어요. 아직도 내 인생에 가장 자극이 되고 결정적이었던 만남들 중 하나였다고 기억해요. 그가 나로서는 전혀 몰랐던 장소와 책들을 알려줬죠. 기껏해야 늪 아니면 피에르 로티와 피에르 브누아의 이국주의 소설들밖에 모르던 내게 말이에요. 그가 내게 『성경』을 읽게 했고 음악에 눈뜨게 해줬어요. 우리는 매주 모차르트며 바흐며 하이든의 연주회에 가곤 했죠.

토레　오페라도 보러 가셨나요?

뒤라스　오페라는 내겐 진력나는 부르주아들의 사교 행사였어요. 막이 오르자마자 질려버렸죠. 지나친 스펙터클 장치로 인해 시각은 포화 상태에 음악적 효과는 빈약해졌죠. 음악은, 진정한 음악은 절대 다른 무엇의 배경이 될 수 없거든요. 음악만으로 우리를 전부 채워야―또는 전부 비워야― 하죠.

토레　여전히 클래식을 들으시나요?

뒤라스　아니요. 바흐를 듣는 건 내가 예전에 그랬던 것처럼 젊고 순진할 때 얘기죠. 어떤 것도 나를 뒤흔들지 못할 때 말이에요. 오늘날, 바흐를 듣는 건 고문이에요. 고통의 효과가 엄청나죠. 사람들이 내게 와서 **하루 온종일** 모차르트를 들었노라는 말을 할 때면 웃고 싶어져요.

토레  선생님의 파리지엔느 초기 시절로 돌아와서, 인민전선 정권의 시대였어요. 좌파가 화려하게 승리하며 레옹 블룸 내각이 출범했죠. 여세를 몰아 앙드레 지드, 조르주 베르나노스, 앙드레 말로, 프랑수아 모리악 등 다수의 지식인들이 참여했고요.

뒤라스  난 본격적으로 참여하진 않았어요. 정치는 나와는 아주 거리가 먼 무엇이었으니까. 난 스스로 젊고 냉담하다고 느꼈어요. 예컨대 앙드레 말로의 참여와 능변도 내겐 그저 수사학적 언어들의 분출에 불과해 보였죠. 말로가 훗날 문화부 장관이 되기 전부터. 그의 행보를 텔레비전으로 뜨문뜨문 지켜봤었거든요.

토레  그렇게 정치와 거리를 두시던 시기가 비교적 짧게 끝이 납니다. 몇 년 뒤에 로베르 앙텔므와 결혼하시는데, 이후 앙텔므가 『인류』라는 정치 저서를 출간하고, 얼마 안 있어 전쟁이 선포되니까요. 선생님은 공산당에 가입하시죠,

첫 번째 남편 로베르 앙텔므와 함께, 1939년

왜일까요?

뒤라스  내가 스스로를 내던진 고독에서, 디아스포라에서 빠져나올 필요가 있었거든요. 그러기 위해서 공유할 수 있는 집단의식을 가진 그룹에 들어간 거죠. 굴라크*나 스탈린주의나 독·소불가침조약, 1934년의 포그롬**에 대해 알고는 있었어요. 하지만 당에 가입하는 건, 당의 운명 속에서 나를 인식하고 내 운명을 내려놓는 일이었죠. 마찬가지로 내 불행도 계급의 불행이 되었고요.

"인간의 의식을 단순화하려는 그 모든 시도가
그 자체로 파시스트적이었죠. 그런 의미에서는
스탈린주의나 나치즘이나 다를 바 없어요."

토레  프랑스공산당원 신분으로 투쟁했던 8년의 세월은 어떻게 평가하시나요?

뒤라스  난 여전히 공산주의 속에서 자신을 발견하지 못한 공산주의자예요. 당원이 되려면 어떤 의미로는 자폐적이고, 신

•      소련의 강제수용소.—옮긴이 주
••    19세기~20세기 초 제정러시아에서 자행된 유대인 등 소수민족에 대한 조직적인 약탈과 학살.—옮긴이 주

경증적이고, 눈과 귀가 멀어야만 하거든요. 난 수년간 무슨 일이 일어나는지도 모르면서 한 지부의 서기관으로 지냈어요. 실은 노동계급이 스스로의 무능에 대한 희생자였고, 프롤레타리아조차 자기들이 처한 조건의 한계를 벗어나기 위해 아무것도 하지 않았다는 걸 깨닫지 못한 채로 말이에요.

토레　　1950년대 중반 이후에 당을 떠나시게 된 이유는 뭔가요?

뒤라스　　스탈린식 모델이 혁명의 취지를 흐트러뜨린 데다, 1956년 헝가리 혁명에 대한 태도가 혐오스러웠기 때문이에요. 당을 떠난 건 당연히 트라우마로 남았어요. 68년 혁명에 참여하면서야 비로소, 본의 아니게 공산당 이데올로기의 희생자가 된 기분에서 벗어났죠. 개인의 항의를 차단하고 나아가 아예 권리까지 포기시키려는 마르크스적 선동정치에 신물이 났어요. 인간의 의식을 단순화하려는 그 모든 시도가 그 자체로 파시스트적이었죠. 그런 의미에서는 스탈린주의나 나치즘이나 다를 바 없어요.

토레　　당 내부에서는 선생님이 지식인이고 거기에 글까지 쓰시는 걸 어떻게 평가했나요?

뒤라스    처음 몇 해 동안은 숨겼어요. 심지어 동지들은 내가 학위 소지자인 줄도 몰랐죠. 그들은 매우 엄격한 이데올로기 속에서 사는 사람들이었어요. 필요하지 않거나 계획되지 않은 책을 읽고 쓰는 건, 그들에게는 당을 마비시키고 신념을 무력화하는 원론적인 범죄였을 거예요.

어쨌든 그들은 내게 죄책감을 주입하고야 말았어요. 내가 『노란 태양』* 촬영을 시작했을 때 그 이상의 진행을 막기 위해 내게 반공산주의 프레임을 씌웠고, 내가 부부로 살고 가정을 이루도록 밀어붙이려고 했죠. 다른 모든 당원들처럼, 이게 그들의 주장이었어요. 한 서면 보고서를 통해 내가 나이트클럽을 출입한 사실이 발각되자 파문이 일었죠. 내가 두 남자와 함께 살았다는 거였어요. 내 소설과 전 연인과 함께.

토레     프랑스공산당 경험이 선생님의 작업에 영향을 미쳤나요?

뒤라스    그랬다면 나는 진정한 작가가 될 수 없었을 거예요. 글을 쓸 땐 모든 이데올로기와 문화적인 기억을 잊어요. 아마 『태평양을 막는 제방』에서만 어떤 정치적인 부분을 찾아볼 수 있을 거예요. 가난을 한탄하는 어머니의 독백이라

---

*    뒤라스는 자신의 소설 『아반 사바나 다비드』(1970년 출간)의 연출을 맡아 〈노란 태양〉(1972년 개봉)이라는 제목으로 영화화했다.—옮긴이 주

〈노란 태양〉 촬영 현장에서 배우 사미 프레와 함께, 1971년

든가 식민지 묘사 같은 데서요. 하지만 그럴 때조차 비탄에 잠긴 여성의 개인적인 논법일 뿐이죠. 글은 독자에게 메시지를 전달하기 위해 쓰는 게 아니라고 생각해요. 글쓰기는 매번 앞서의 문체를 깨뜨리고 새로운 문체를 창조하면서 자신과 마주하는 일이에요.

기자님은 당원이면서 그 모든 걸 해내는 작가를 알고 있나요? 루이 아라공의 초현실주의 얘기라면 꺼내지도 말아요. 아라공은 아주 잘 쓰는 작가이고, 그걸로 끝이니까. 아라공은 글을 쓰면서도 전혀 변하지 않았어요. 당의 충실한 대변자로 남으면서도, 글로 대중을 매혹시킬 줄 알았죠.

토레    어쨌든 정치적 유토피아를 믿으셨어요.

"글쓰기는 매번 앞서의 문체를 깨뜨리고
새로운 문체를 창조하면서 자신과 마주하는 일이에요."

뒤라스   네, 살바도르 아옌데에게는요. 1917년 러시아혁명, 프라하의 봄, 초기 쿠바혁명, 체 게바라라는요.

토레    거기에 68년 혁명도요. 당시 작가-학생 위원회에 참여하셨어요.

뒤라스     정치적 유토피아가 아닌 그냥 유토피아를 믿은 거예요. 그땐 혁명의 거센 물결이 유럽, 어쩌면 세계 전체의 고인 물을 휘저어놓았죠.

토레     언젠가 이런 말씀을 하셨어요. "보들레르가 연인이나 욕망을 이야기할 땐 혁명의 거센 기류가 흐르고, 중앙위원회 위원들이 혁명을 이야기할 땐 포르노가 된다."•

뒤라스     1970년에 출간된 『아반 사바나 다비드Abahn Sabana David』에서, 공산당에 대한 나의 증오심이 모조리 표출돼요. 다비드는 스탈린의 선동정치와 거짓말로 정신이 마비된 인간의 상징이고, 아반은 당 활동으로 정신분열적인 삶을 살수밖에 없는 지식인의 초상이죠. 사바나는 아마 고통 그 자체의 상징일 거예요. 숨기려야 숨길 수가 없죠.
반면에 『사랑』에서는 종말론에 대한 모든 공포, 세상이 끝났다는 감정이 표출돼요. 『파괴하라, 그녀는 말한다 Détruire, Dit-Elle』에서는 엘리자베스와 알리온느와 알리사, 스탱이 인류의 유일한 해결책으로서 세상의 파괴를 호소하고요.

토레     『파괴하라, 그녀는 말한다』는 다르게는 일종의 68년 5월

•    뒤라스의 〈트럭Le Camion〉 시나리오에 수록된 미셸 포르트와의 인터뷰에서.

혁명의 선언문으로도 읽히는데요.

뒤라스　광기는 전형을 극단적으로 거부하는 것이자 유토피아와 마찬가지로 우리와의 거리 때문에, 그리고 우리를 모든 것으로부터 보호하기 때문에 우리를 구원해요.
미셸 푸코도 이 점에서 나와 의견이 같았죠. 필리프 솔레르는 어떻게 그렇게 이 텍스트가 정치적 소설이 아닌 오직 문학일 뿐이라고 단정할 수 있었는지 모르겠어요.* 날 매우 잘 아는 모리스 블랑쇼는 소설의 혁명적인 의미를 바로 알아차렸죠. 내가 유일한 구원의 길로 제시했던 사랑과 죽음의 이항관계요. 구원의 길은 이전에 존재했던 모든 것, 충동의 자유로운 흐름을 방해하는 모든 것의 파괴를 통해서만 이루어진다는 것의 의미를 이해한 거예요.**

토레　선생님께 68년 5월 혁명의 가장 유익한 교훈은 무엇인가요?

* 필리프 솔레르는 시사주간지 〈누벨 옵세르바퇴르〉(1970년 1월 12일 판)에서 「있는 그대로의 뒤라스」라는 제목의 칼럼을 통해, 영화화된 〈파괴하라, 그녀는 말한다〉에 대해 썼다. 여기서 그는 68년 5월 혁명을 지나치게 문자 그대로 받아들이는 정치적 해석을 배제하고, 소설이 아닌 영화(뒤라스가 쓰고 연출한 〈파괴하라, 그녀는 말한다〉는 동명의 소설과 영화로, 모두 1969년에 발표되었다)를 거세와 동성애(남성과 여성)를 주제로, 문학적 측면뿐만 아니라 정신분석학적 측면에서도 해석하기를 제안한다.

** 모리스 블랑쇼는 1975년 뒤라스에게 헌정된 영화잡지 〈그것/영화〉 특별판에 「파괴하라」라는 제목으로 소설 「파괴하라, 그녀는 말한다」에 대한 칼럼을 기고했다.

뒤라스    68년 5월 혁명이나 프라하의 봄은 이데올로기의 부재라는
        측면에서 다른 어떤 승리보다도 유익한 정치적 실패였어
        요. 당시 거리로 나갔던 우리가 그랬던 것처럼 어디로 나아
        가는지 모른 채, 요컨대 결과나 대립에 대한 두려움 없이
        다만 나아가고, 행동하기. 그게 바로 우리가 배운 거예요.
        하지만 생각건대 반대에 부딪치지 않고서도 과연 작가일
        수 있을까요? 아니요. 기껏해야 입담 좋은 이야기꾼이나
        될까. 물론 이데올로기의 전면적인 파괴란, 아주 오래전
        부터 역사적으로 어느 한 시기도 그 자체로 규정되지 않
        았던, 지극히 저항적인 프랑스 같은 나라에서는 쉽지 않
        아요. 프랑스에선 아주 어릴 때부터 일체의 혼란을 몰아
        내기 위해 정돈된 삶을 강요받죠.
        그리고 바로 이 공백에 대한 공포, 아주 작은 위험까지 미
        연에 방지하려는 이 의지에 권력은 뿌리를 내리는 거예요.

토레     현 시기에도 마르크스 정신이 살아남을 수 있을까요?

뒤라스    모든 정치적 담론은 비슷하다는 원칙에서 출발할게요. 그
        래서 참여가 아무 소용이 없죠. 유럽은 혁명이라는 꼭두각
        시에 사로잡혀 있고, 마르크스주의는 이제 관념적이고 이
        론적인 독트린, 말 그대로 시체가 된 독트린일 뿐이에요.

"어쩌면 믿지 않는 것이야말로
우리를 지배하는 가짜 민주주의에
대항하는 유일한 해답일 거예요."

토레 　　선생님의 다른 정치적 텍스트인 『트럭』 시나리오의 여주
　　　　인공은 이렇게 말하죠. "세상이 파멸로 치닫기를, 세상이
　　　　파멸로 치닫는 것, 그게 유일한 정치야."

뒤라스 　난 더는 아무것도 믿지 않아요. 어쩌면 믿지 않는 것이야
　　　　말로 이 '모든 권력에 대항하는 행동'을 이끌어낼 수 있을
　　　　것이고, 은행의 과두정치와 우리를 지배하는 가짜 민주주
　　　　의에 대항하는 유일한 해답일 거예요.

토레 　　그래도 지난 선거들에서 사회당에 투표하셨어요.

뒤라스 　두 독재 세력 사이에서 해결책을 찾으려는 욕망이 투영된
　　　　일종의 무표non-vote예요. 그 모든 것이 내 친구 미테랑*에게
　　　　내가 품고 있는 깊은 존경심과는 별개이고요. 어쨌든 공산
　　　　당에 가입했던 것 이후로, 내가 다시 정치적으로 소속되는

---

* 　　사회당 출신 프랑수아 미테랑은 1981년과 1988년, 두 차례에 걸쳐 대통령으로 당선되
　　　어 1995년까지 역대 프랑스 대통령 중 가장 오래 집권했다. 그는 퇴임하며 "아마 내가
　　　프랑스 역사상 마지막 지식인 대통령일 것이다"라고 말한 바 있다.—옮긴이 주

일은 결코 없을 거예요.

토레　　프랑수아 미테랑 대통령과는 오랜 친분 관계이신데요.

뒤라스　　네, 레지스탕스 시절부터니까. 내가 내 책들이 출간되는 대로 전부 보내는 드문 사람들 중 하나죠. 그가 틀림없이 책을 읽을 것이고 책에 대해 나와 함께 이야기하기 위해 전화하리라는 걸 아니까요. 미테랑은 삶을 정말 사랑하는 사람이에요. 물론 대통령직에 있는 한, 그가 공산당이나 오늘날의 프랑스에 대해 품은 생각을 전부 말할 수는 없 겠죠.

지난 몇 해 동안 내가 그들, 미테랑과 시라크*를 텔레비 전에서 볼 때마다 드는 생각은 둘의 차이가 눈이 시리도 록 확연하다는 거예요. 한 명은 변화와 대화에 열려 있고 언제든 준비가 돼 있는 반면, 다른 한 명은 낡은 언어들에 얽매여 자기중심적인 국가, 외부와 단절된 사회, 외부에 서 유입되는 모든 것에 벌벌 떠는 사회의 수호자를 자처 하죠. 그게 지식인이든 유대인이든 아랍인, 중국인, 아르 헨티나인, 팔레스타인인이든 말이에요.

* 자크 시라크는 당시 사회당과 함께 거대 양대 정당이었던 공화국연합 대표였다. 시라크 는 미테랑 이후에, 우파 정당들을 연합하여 창당한 대중운동연합 대표로 대통령에 선출 된다.―옮긴이 주

토레    몇 년 전, 시사 사건들에 대해 선생님과 미테랑 대통령이
        나눈 대화와 만남들 중 일부가 월간지 〈로트르 주르날〉*
        에 실렸어요.

뒤라스   미테랑이 기뻐했지요. 우리가 그 대화를 계속 이어가야
        한다고까지 주장하면서. 대화는 주로 우리 집에서 나눴어
        요. 내가 우리의 대화를 글로 옮겨서 전달하면, 그가 수정
        하고, 내가 그걸 다시 수정하는 식이었는데 결국 다 내가
        알아서 하도록 내버려뒀죠. 그때 어찌나 함께 즐거워하며
        껄껄거렸든지…….

"문득 어떤 주제들에 대해 내 생각을
 공개적으로 발표할 필요를 느꼈어요.
 내 방 바깥에서 나 자신을 가늠해볼 필요를요."

토레    저널리즘 얘기를 하자면, 1950년대 후반부터 〈르몽드〉나
        〈누벨 옵세르바퇴르〉의 전신인 〈프랑스 옵세르바퇴르〉
        같은 일간지며 주간지에 다양한 주제의 칼럼을 기고하면
        서 고국의 정치, 사회 문제에 적극적으로 개입하셨어요.
        심지어 〈보그〉나 〈소르시에르〉 같은 여성지에도 기고하

---

*   2006년 갈리마르 출판사에서 『뒤팽 거리의 우체국과 그 밖의 대화들』이라는 제목의 책
    으로 출간되었다.

시는가 하면, 최근까지도 〈리베라시옹〉이나, 앞서 얘기한
〈로트르 주르날〉과 협력하셨고요.

뒤라스    저널리즘 글쓰기는 늘 좋아했어요. 신문, 잡지류 특유의
긴급한 글쓰기 말이에요. 텍스트 자체에 그걸 작성할 때
의 시급함―한계라고 해도 좋고요―에서 나오는 힘이 담
겨 있어야 하죠. 이후에 바로 소비되고 버려지도록.
〈르몽드〉 데스크는 내게 이런저런 주제로 칼럼을 써달라
고 애원해놓고는 막상 써 보내면 종종 그걸 발간할 엄두
를 내지 못했어요…….
〈로트르 주르날〉은 내가 가장 좋아하는 좌파 문학지인데,
내가 협력하기만 하면 매출 상승이 보장된다고 했죠.

토레    그렇게 저널리스트 경력을 쌓으신 이유는 무엇인가요?

뒤라스    문득 어떤 주제들에 대해 내 생각을 공개적으로 발표할
필요를 느꼈어요. 저잣거리로 나아가, 내 방 바깥에서 나
자신을 가늠해볼 필요를요. 매일 글을 쓰다가 쉬는 시간,
비는 시간에 칼럼들을 쓰기 시작했어요. 책을 쓸 땐, 신문
조차 읽지 않았죠. 그런데 그 칼럼들이 얼마나 시간을 많
이 잡아먹었는지, 상상을 초월해요. 매년 해왔어도, 그때
마다 긴장감이 극에 달했죠.

토레  저널리즘은 어떤 기능을 해야 할까요?

뒤라스  언론이 없다면 모르는 채로 지나칠 사건들에 대해 여론을
조성해야겠죠.
직업인의 객관성이 존재하는지는 모르겠어요. 난 그보다
는 명확한 '입장 표명'이 더 낫다는 쪽이에요. 일종의 도
덕적 스탠스라고 할까요. 작가도 자신의 책들을 통해 완
벽하게 드러낼 수 있죠.

토레  선생님은 각종 사건, 사고 들에 늘 깊은 관심을 보이셨고,
그건 지금도 마찬가지인데요. 종종 텔레비전이나 일간지
들을 통해 입장을 밝혀서 여론의 혹독한 질타를 받기도
하셨어요.

뒤라스  생각한 걸 이야기하고, 사회적 부당함에 대한 프랑스인들
의 묵과를 고발하기 위한 시도예요. 알제리전쟁이라든가
전체주의 체제의 부상, 지구촌의 군국주의화, 사회의 도
덕성 강요 등에 대해 깊이 생각해보기를 촉구하고 싶은
거죠. 난 늘 그런 시도를 해왔어요.
내게 가장 흥미로운 건, 그 모든 것이 개개인에게 미치는
영향이에요. 개인에게 내재된 광기나 동기 없는 충동적 행
위, 치정이나 분노로 인한 범죄 같은 거요. 아니면 그저 돌

이킬 수 없는 치명적인 사건들처럼 사법 시스템에 의해 비로소 드러나게 되는 인간의 다양한 면모에 관심이 집중되기도 하고요.

토레 4년 전 〈리베라시옹〉에 기고한 장문의 칼럼*에서 친아들 살해범으로 지목된 크리스틴 빌르멩 사건**에 주목하셨어요. 사건이 벌어진 보주 마을의 레팡주쉬르볼로뉴까지 직접 다녀오기도 하셨죠. 목격하지 않은 사건이 정확히 어떻게 전개된 건지 상상하신 걸 칼럼에 쓰셨는데요. 사건 전체를 임의대로—아마 큰 개연성 없이—재현하여 급기야 크리스틴 빌르멩을 '필연적으로 숭고한' 여주인공으로 만드셨죠. 이 칼럼은 심지어 크리스틴 빌르멩이 기이하고 알 수 없는 어두운 힘에 이끌려 행동했다는 측면

---

* 「숭고한, 필연적으로 숭고한 크리스틴 V.」라는 제목으로 1985년 7월 17일 자에 발표되었다. 1984년 10월 16일, 그레고리라는 이름의 사내아이 살해 사건을 다룬다.

** 손발이 묶인 채 살해당한 피해자의 이름을 딴 일명 '그레고리 사건'은 피의자가 아이 부친의 사촌형에서 아이의 친모, 아이 부친의 사촌 여동생 등 친인척을 중심으로 여러 차례 바뀌면서, 범인은 친족 중에 있다는 추정만 가능하게 했을 뿐 현재까지 범인이 밝혀지지 않은 전대미문의 미제 사건이다.
이 사건으로 프랑스 사회에 경찰 조직의 무능과 매스미디어의 선정적 보도 부작용, 수사 기밀 유지의 필요성 등 총제적인 문제가 제기되었고, 프랑스의 과학수사 발전에도 결정적인 계기가 되었다. 2017년, 사건을 최초로 맡은 판사가 여론의 질타를 이기지 못하고 자살하여 다시 한번 주목받았다. 친모 크리스틴을 범인으로 추정한 뒤라스의 판단이 틀렸다는 것이 프랑스 사회의 지배적인 의견이고 세월과 함께 이 의견은 더욱 굳어져 기정사실화되었다.—옮긴이 주

에서 총체적이고 돌이킬 수 없는 사건의 절차에 대한 상징적인 글이 되기도 했어요.

결론적으로 선생님의 의견으로는 여인의 광기 어린 행동이, 원치 않았던 아이를 살해함으로써 자신의 운명에서 스스로 해방되고 자신을 되찾으려는 극단적 시도였을 수도 있다(따라서 무죄이고 형을 선고할 수 없다)는 건데요.

뒤라스    크리스틴 빌르멩의 범죄는 다른 모든 여성들처럼, 무엇보다 희생자일 수 있는 누군가의 실수예요. 원치 않는 인위적인 삶을 사는 운명에 처하고, 거기서 벗어날 능력이 없이 비주체적 존재로 추락한 희생자 말이에요.˙

토레    선생님의 크리스틴 빌르멩에 대한 무조건적인 변호가 논란이 되었어요. 시몬느 시뇨레를 위시해서 수많은 지식인

˙    "세상의 어떤 남자도 여자가 욕망하지 않는 남자에게 안기는 것이 어떤 건지 알 수 없을 것이다. 들어오는 남자를 욕망 없이 받는 여자는 살의를 느낀다. 여자의 몸 위에 실려 시체 같은 무게로 짓누르는 남자의 쾌락엔 여자가 되받아칠 힘이 없는 살의의 무게가 얹힌다. 바로 광기의 무게가. (……) 보이지 않는 이 불행의 진척에 잠식된 여자는 분명, 점점 자신이 어디로 향하는지 알지 못한다. 어느 밤이 크리스틴 빌르멩. 그녀, 내가 잘 모르는 채 글을 쓰듯, 잘 모르는 채 어쩌면 살인을 저질렀을 무고한 그녀를 짓누른다. 그녀는 10월의 그날 밤, 짙어가는 어둠 속에서 선명하게 보기 위해 유리창에 눈을 바짝 들이댄다."
뒤라스의 칼럼이 발표되자 프랑수아즈 사강, 브누아트 그루, 시몬느 시뇨레, 레진 데포르주 등의 여성 문인 및 사회적 인사들이 집단으로 항의했다. 뒤라스는 이어진 인터뷰에서도 아이 살해범이 친모인 크리스틴 빌르멩이고 그녀 또한 희생자라는 측면에서 무죄라는 주장을 굽히지 않는다. 크리스틴 빌르멩은 뒤라스와 〈리베라시옹〉을 명예훼손으로 고소했고, 사건은 수년이 지나 각하된다.

과 공연계 인사 들이 단체로 항의했지요.

뒤라스  크리스틴 빌르멩은 부부, 섹스, 그리고 욕망에 대해 영구 불변의 법칙만을 내세우는 남성에게 지배당하는 여성의 전형이었어요. 빌르멩 같은 여성들은 도처에 있죠. 자기 주장을 내세울 힘이 없이 공허에 둘러싸여 기진한 여성들 말이에요. 그들에게 자식이란 자아실현을 방해하는 다음 단계의 속박에 다름 아니죠.

토레  아무튼 선생님의 칼럼은 사회적 소외계층까지 두루 포괄 합니다. 게토, 교도소, 거리의 여자들이 출몰하는 길거리, 그와 정반대인 수녀원 등지를 돌며 수감자들, 살인자들, 수도자들, 프롤레타리아들, 아프리카인들, 유대인들과 만 나시죠.

뒤라스  나의 바람은 경제적인 급성장을 이룬 지난 몇 해 동안 우

•  1993년. 뒤라스는 이 사건과 직접 쓴 칼럼에 대해 의견을 굽히지 않는 자기 변론적인 글을 썼고, 이 글은 1998년에 로르 아들레르가 발표한 뒤라스의 전기 『마르그리트 뒤라 스』(갈리마르)에 수록되기 전까지 미발표 상태였다.
"이 범죄의 문제는 여성의 문제이다. 자식의 문제는 여성의 문제이다. 남성의 문제는 여성의 문제이다. 남성은 그 사실을 모른다. 남성이 자신의 근육과 물리적인 힘으로 무엇이든 할 수 있다는 환상을 품는 한, 높은 지력은 남성적이지 않을 것이다. 오직 여성만이 이러한 남성의 착각을 꿰뚫고 있다. 스테이크를 잘못 구웠다고 따귀를 맞는 것보다 더 고통스러운 것이 있다. 바로 일상이다."

리가 전혀 돌아보지 않았던 세계들을 발언하게 하는 거였어요. 그중에 몇몇 증언들이—알제리인 노동자의 자기방어에 대한 불안, 카르멜회 수녀의 끔찍하리만치 빈약한 지성 등—대단히 강렬한 인상을 남긴 나머지 이제 더는 모른 체할 수 없거나, 부르주아 계급에 도구화되지 않도록 말이에요.

"인류의 문제점에 대해선 아무리
떠들어대봤자 소용없어요. 우리는 하루하루,
자신과의 끊임없는 투쟁을 이어가고 있으니까요."

토레       인류의 미래와 진보에 대해선 어떤 그림을 그리시는지요?

뒤라스    자동화, 원거리통신, 정보화 등이 인간의 수고를 덜어준 끝에 결국 창의력을 둔화시킬 거예요. 기억을 잃은 납작하고 밋밋한 인류가 될 위험이 있죠.
　　　　하지만 인류의 문제점에 대해선 아무리 떠들어대봤자 소용없어요. 우리는 하루하루, 자신과의 끊임없는 투쟁을 이어가고 있으니까요. 해결할 수 없는 자신의 문제를 해결하려 하면서, 아니면 늘 그렇듯 신의 문제에 직면하면서.

토레       신앙이 있으신가요?

뒤라스 　오직 공허감만이 엄습하는 순간에 우리의 마음속에서만 존재하는 신이 있는지 없는지 안다는 건, 문제해결에 도움이 되지 않아요. 신을 믿지 않는 것도 또 다른 신앙일 뿐이죠. 아무것도 믿지 않는다는 게 정말 가능한지 모르겠어요. 그건 우리 인생의 강한 열정들에서 모든 의미를, 모든 영원성을 제거하는 것과 같을 거예요. 모든 게 그 자체로 끝일 것이고, 결론도 없을 거예요. 그리고 정확히 그게 인류의 미래일 수 있다는 가능성도 배제할 수 없겠죠.

토레 　인류의 행복에 대해서도 이야기할 수 있다고 보시나요?

"사람들의 불안감은 스스로 자기 인생의
심판이 아니며 원하던 수준에도 도달하지 못했다는
비극의 자각에서 비롯된다고 생각해요."

뒤라스 　그 말, 그 행복이란 말은 절대 내뱉어선 안 돼요. 우리가 단어에 부여한 의미 자체로 예외적인 것으로 들릴 수 있고, 사정거리 바깥에 있는 것처럼 여겨지니까요. 닿을 수 없고, 대단히 신비롭게 말이에요.

토레 　우연을 믿으시나요?

뒤라스    난 게임을 하는 듯한 기분을 즐겨요. 상황을 통제하거나
         예측할 수 없는 기분을. 사람들의 불안감은 스스로 자기
         인생의 심판이 아니며 원하던 수준에도 도달하지 못했다
         는 비극의 자각에서 비롯된다고 생각해요.

토레     죽음을 떠올리며 두렵다고 느끼시는지요?

뒤라스    일전에 입원했을 때 깨달았어요.˙ 한 잔이라도 더 마시는
         날엔 죽을 거라는 경고를 들었죠. 이상한 공포감, 덫에 걸
         린 짐승의 공포감에 등골이 오싹했어요.
         어릴 때 30년 이상 동안은, 죽음보다 광기가 더 두려웠어
         요. 난 늘 어딘가 제정신이 아니고 비논리적이라는 비난
         을 받았죠. 내 외모가 그저 혼란스럽고 반항적이었을 뿐
         이었는데. 결국 그런 비난 탓에 가벼운 신경증이 생겼고,
         난 사람들이 내게 지적하는 광기에서 벗어나기 위해 많은
         노력을 해야 했어요.

토레     세 번째 밀레니엄의 문턱에서 세상의 종말이 올 거라는

˙    1988년 10월 17일, 뒤라스는 기관절개술을 받았고, 뇌 기능을 보호하거나 고통을 덜기
     위해 인위적 코마 상태로 입원했다가 거의 1년이 지난 뒤에야 퇴원했다. 그녀가 알코올
     중독 치료를 처음으로 받은 때는 1982년 10월이었고, 대화에서는 아마 이때의 중독 치
     료 경험을 암시한 듯하다. 이 부분은 얀 앙드레아가 그의 소설 『나의 연인 뒤라스』(미뉘,
     1983)에서도 묘사한 바 있다.

얘기들이 많은데요.

뒤라스    2000년과 세상의 종말에 대한 공포는 환상이에요. 모두가 그것에 대비해야 한다고 떠들지만, 아무도 이유를 말하지 못하죠. 첫 밀레니엄의 종말론에 대한 신비주의적 불안감에 비하면, 현재의 공포는 냉정한 공포예요. 돌이킬 수 없는 점진적 쇠락의 위험을 인식하는 경험적 공포일 뿐, 더는 옛 시대처럼 종교적인 죽음이나 세상의 소멸을 두려워하진 않죠.

체르노빌 원전 사고*는 인류의 집단적이고 점진적인 종말의 현실성을 입증했고, 폭발의 영향권은 여전히 가늠도 되지 않아요. 다같이 원전을 폐쇄하기로 결단해야 했는데, 그러지 않았어요. 제3세계 국가들은 여전히 원전을 필요로 하죠. 게다가 어차피 폐쇄된 원전도 위험한 마당에 나머지 원전 폐쇄가 무슨 소용이겠어요? 핵무장지대는 결코 다시는 보리밭이 될 수 없어요.

---

•    1986년 4월 26일 발생했다.

# 글쓰기의 여정

"열정으로 기진하여 말로 털어놓을 기력이 없어서,
글로 쓰기로 결심했죠, 거의 냉정하게."

**토레** 선생님께 글을 쓰게 한 동력은 무엇이었나요?

**뒤라스** 내가 느낀 무언가를 지체 없이, 설사 완벽한 형태가 아닐지
라도, 백지에 복원해놓을 필요성이요. 당시엔 책들을 엄청
나게 많이 읽었어요. 아마 쓰기에 급급해서 불가피하게, 내
게 영향을 끼친 그 모든 것들을 인식하지 못했을 거예요.
대개 두 번째 책부터야 비로소 자신이 어떤 방향의 글쓰기
를 하고 있는지 명확하게 보이죠. 우리를 사로잡는 문학이
라는 **개념**의 매혹과 서서히 거리를 두면서요.

**토레** 어떻게 시작하셨나요?

뒤라스    열한 살 때, 매일같이 밤에도 30도를 웃도는 코친차이나*에
        살았어요. 내가 전혀 알지 못하는 세상과 삶에 대해 시—늘
        시에서 시작하기 마련이에요—를 썼죠.

토레     1943년 첫 소설 『철면피들』이 출간됐을 때, 스물아홉 살
        이셨어요.

뒤라스    『철면피들』은 내가 큰오빠한테 품었던 증오심에 대한 얘
        기였어요. 갈리마르 출판사에서 일했던 레몽 크노—그땐
        그를 몰랐죠—한테 원고를 보냈어요. 그의 사무실로 들어
        가면서, 떨리긴 했지만 자신은 있었죠. 이미 다른 출판사
        들에서 거절당했었지만, 이번만큼은 내 원고가 채택될 거
        라고 확신했어요. 크노는 원고가 훌륭하다고 칭찬하지 않
        았어요. 눈을 치뜨며 이렇게만 말했죠. "부인, 당신은 작
        가예요." 이듬해에 크노가 『조용한 삶』을 출간해줬어요.
        구조도 엉성하고, 또 리얼리즘은 지나치게 순진하고 노골
        적이었죠.
        『모데라토 칸타빌레』까지는 내가 쓴 책들을 인정할 수 없
        는 기분이었어요. 『태평양을 막는 제방』이나 『타키니아
        의 작은 말들』은 아직, 너무 가득 찼다고 할까요, 모든 걸,
        너무 많이 이야기했죠. 독자에게 상상의 여지를 전혀 남

•    인도차이나반도의 베트남 남부 지방으로, 유럽인들이 이 지역을 부르던 명칭이다.

기지 않았어요. 엄밀히 따져 『지브롤터의 선원Le Marin de Gibraltar』의 어떤 면들 정도만, 내가 지금 성숙기로 간주하는 시기의 작품들과 맞닿아 있다고 할 수 있어요. 선원을, 닿을 수 없는 사랑을 무한정 기다리며 살아가는 여인의 이야기인데, 내가 현재 쓰고 있는 것과 매우 흡사한 무언가가 있죠.

몇 해 동안은 사회적으로 활발한 삶을 살았어요. 쉽게 사람들을 사귀고 대화를 나누었던 내 모습이 작품들 속에 그대로 반영됐죠. 한 남자와 알게 되기까지는 말이에요. 그 남자와 만나면서 점차로, 그 모든 사교 생활이 정리됐죠. 난생처음 겪는 폭력적이고 대단히 에로틱하고 속수무책인 사랑이었어요. 죽고 싶은 기분이었고, 심지어 내가 문학을 하는 방식마저 바뀌어버렸죠. 공허감을, 내 안에 있던 구멍을 발견한 것 같았고 그것에 대해 말할 용기를 얻은 듯한 기분이었어요. 『모데라토 칸타빌레』와 『히로시마 내 사랑』의 여자는, 바로 나였어요. 열정으로 기진하여 말로 털어놓을 기력이 없어서, 글로 쓰기로 결심했죠, 거의 냉정하게.

---

초기에 발표된 『철면피들』(1943), 『조용한 삶』(1944), 『태평양을 막는 제방』(1950), 『지브롤터의 선원』(1952), 『타키니아의 작은 말들』(1953), 『숲속에서 보낸 나날들』(1954)까지, 평론가들은 이 시기를 뒤라스의 스타일이 아직 정립되지 않은 '뒤라스 이전의 뒤라스' 시기로 분류한다.—옮긴이 주

토레    1950년엔『태평양을 막는 제방』이 출간됐어요. 선생님의 청소년기를 그대로 다룬 책이죠.

뒤라스    가장 대중적이면서 가장 쉽고요. 5천 부가 팔렸어요. 크노가 어린아이처럼 신나했죠. 홍보도 많이 했고, 공쿠르상까지 받을 뻔했어요. 하지만 식민정책에 반대하는 정치적인 책이었고, 당시엔 공산주의자들한테는 상을 주지 않았죠.

공쿠르상은 그로부터 34년 뒤에『연인』으로 받았어요. 두 책이 소재도 같죠. 식민지의 빈한한 삶, 섹스, 돈, 연인, 엄마, 오빠들.

토레    『연인』을 쓰면서 어떤 감정이셨나요?

뒤라스    어느 정도의 행복감? 소설은 어둠―내가 유년시절을 처박아두었던 어둠―속에서 나왔고, 순서도 뒤죽박죽이었어요. 맥락 없이 연결되는 에피소드들이 시작되려는가 싶으면, 이야기를 풀기도 전에 설명이나 결론 없이 사라지는 식이었죠.

토레    선생님 스스로 말로 형용할 수 없다고 규정한 이 이야기들을 꺼내놓으신 계기가 있을까요?

큰오빠 피에르와 함께, 1930년대

뒤라스     회복되긴 했지만 질병을 겪고 피로를 느끼다보니 시간을 거
         슬러 아주 오래전의 나 자신과 마주하고 싶었어요. 영감을
         넘어, 글을 쓰고 싶다는 감정이었죠.『연인』은 거친 텍스트
         예요. 내 안의 야수성이 표출된. 얀 앙드레아가 그의 저서
         『나의 연인 뒤라스』*에서 그 사실을 내게 일깨워줬죠.

토레     소설 속에 현실과 일치하는 인물이나 상황들이 있나요?

뒤라스     지난 수년간, 숱한 과거 사실들에 대해 거짓말을 해야 했
         어요. 엄마가 아직 생존해 계셨고, 엄마한테 알리고 싶지
         않은 것들이 있었으니까요. 그러다 어느 날 혼자가 되자
         이런 생각이 들었죠. 이젠 진실을 말해도 되잖아? 책 속
         의 모든 것이 사실이에요. 의복, 엄마의 분노, 우리에게
         삼키게 했던 들큼한 음식들, 중국인 연인의 리무진.

토레     그가 집에 전하게 했던 돈도요?

뒤라스     백만장자한테서 돈을 받아다 집에 갖다주는 건 내 의무라
         고 느꼈어요. 그는 내게 선물을 주었고, 우리 가족 모두를
         차에 태워 이리저리 돌아다니거나 사이공에서 제일 비싼

<hr>

*        얀 앙드레아의 본명은 얀 르메이며, 앞서 밝혔듯 그가 집필한 이 소설은 마르그리트 뒤
         라스의 알코올중독 치료에 관한 이야기이다.

식당에 데려가 밥을 사주었죠.

식당에선 아무도 그에게 말을 건네지 않았어요. 식민지에서 우리 가족은 살짝 인종주의자들이었거든요. 식구들은 그를 증오한다고 말하곤 했죠. 물론 돈 문제에 관한 한, 다들 눈을 감았어요. 우린 적어도 밥을 먹기 위해 집 안의 집기들을 내다 팔거나 저당 잡히지 않아도 되었죠.

"난 그 남자의 나에 대한 사랑이,
철저히 모호한 우리의 관계에 자극받아
번번이 타오르는 그 에로티시즘이 좋았어요."

**토레**  그 남자에 대해 또 어떤 기억을 갖고 계신가요?

**뒤라스**  그 중국인의 몸은 마음에 들지 않았어요. 하지만 그는 내 몸이 오르가슴을 느끼게 해주었죠. 난 그때야 비로소 그걸 알게 된 거예요.

**토레**  강렬한 욕망을요?

**뒤라스**  그래요, 완전히. 감정을 넘어 비인격적이고, 맹목적인. 말로 표현할 수 없었어요. 난 그 남자의 나에 대한 사랑이, 철저히 모호한 우리 관계에 자극받아 번번이 타오르는 그

에로티시즘이 좋았어요.

토레      『연인』은 프랑스에서만 150만 부가 팔렸어요. 26개 국어로 번역되었고요. 이 엄청난 성공을 어떻게 설명하시겠어요?

"내 생각엔 책을 통해,
내가 하루에 열 시간씩 쓰면서
느꼈던 그 엄청난 기쁨이 전달된 거예요."

뒤라스     그런데도 출간인인 제롬 랭동은 겨우 5천 부만 찍었으니! 며칠 만에 책이 동이 났죠. 한 달 만에 판매 부수가 2만 부로 뛰었고, 난 관심을 끊어버렸어요. 책을 두 번 다시 펼쳐 보지도 않은 채 내버려뒀죠. 내 버릇이에요, 언제나 같아요. 다들 나한테 사랑은 성공을 보장하는 주제라며 한마디씩 거들었죠. 하지만 내가 이 책을 쓰며 염두에 둔 건 그게 아니에요. 심지어 내가 이미 다뤘던 주제로 독자들을 지루하고 짜증나게 만들겠구나, 확신했죠. 그 부분들을 쓰며, 독자들에게는 대중소설로 읽힐 수도 있으리란 건 당연히 예상하지 못했어요.

토레      『연인』을 그토록 떠들썩한 성공으로 이끈, 또 다른 요인들로 무엇을 이야기할 수 있을까요?

뒤라스     내 생각엔 책을 통해, 내가 하루에 열 시간씩 쓰면서 느꼈던 그 엄청난 기쁨이 전달된 거예요. 프랑스 문학에선 대개 진지한 책과 지루한 책이 혼동되고 있죠. 사람들이 책을 읽다가 중도에서 놓아버린다면, 그건 그 책이 자만에 젖어 있기 때문이에요. 또 다른 무언가를 알려주려는 어리석은 자만에……

토레     이제는 선생님이 『연인』을 쓰셨다는 이유로―때로는 오직 그 이유만으로―전 세계적으로 유명해진 걸 아시는지요?

뒤라스     마침내 이제 더는 뒤라스가 '지적인 것들'을 쓴다는 말들은 안 하게 됐죠…….

토레     혹시 『연인』의 해석에 필요한 이런저런 열쇠를 알려주고 싶으신지요?

뒤라스     『연인』은 소설이고, 그걸로 끝이에요. 어디로도 이끌리거나 나아가지 않는. 이야기는 결론이 나지 않고, 끝나는 건 오직 책이죠. 사랑이나 쾌락은 '스토리'가 아니고 다른 독서, 한층 더 심오한 독서로도―만일 존재한다면 말이에요―선명하지 않아요. 저마다 어렴풋하게 느끼며 선택을 할 수 있겠죠.

토레 『연인』이후의 선생님 작품들에 나타난 문체의 가장 급격한 변화는 무엇이라고 생각하세요?

뒤라스 아무것도 변하지 않았어요. 내 문체는 언제나 똑같아요. 여기선 더더욱 두려움 없이 자유롭게 썼죠. 사람들은 어쨌든 겉으로는 비논리적인 듯해 보이는 걸, 이제 더는 두려워하지 않아요.

토레 『연인』이후로 선생님의 문체는 점점 더 난해해졌거든요.

뒤라스 이전의 작품들에 비해, 달라진 건 말소리일 거예요. 일종의 의도치 않은 단순성을 획득했다고 할까요.

토레 좀 더 자세히 설명해주세요.

뒤라스 『연인』은 문학으로 넘쳐나는 책이에요, 역설적으로 겉보기엔, 문학과 아주 거리가 멀어 보이겠지만. 기교가 보이지 않고, 기교가 보여서도 안 되죠, 그게 다예요.

토레 이 소설에 관해선 '스타일'에 대해 이야기하지 않기를 고집하시는데요.

뒤라스　　군이 말해야 한다면, '물질적physical'이라고 할 수 있죠. 『연인』은 우연히 발견한 일련의 사진들에서 탄생했어요. 이미지를 우선시하기 위해 텍스트를 뒤에 두어야겠다고 생각하며 작업을 시작했죠. 하지만 글이 앞섰어요. 나보다 빨랐고, 글을 다시 읽으면서 비로소 전체적으로 환유법을 바탕으로 구축되었다는 걸 깨달았어요. '황량한', '하얀', '쾌락' 같은 단어들이 이야기 전체에서 떨어져 나오며 의미를 내포하더라고요.

토레　　선생님의 또 다른 성공작 얘기를 해볼 텐데요, 『고통』같은 책의 가치는 어떤 걸까요?

"살면서 거짓말을 할 수도 있겠지만
고통의 본질에 대해선 그럴 수가 없는 거예요."

뒤라스　　전쟁을 이야기하면서 관점을 한 여자의 공포에 두었다는 거죠. 일반적인 테마뿐만 아니라 소소한 사건들을 다루었고요. 다하우 강제수용소에서 돌아온 내 남편의 손상된 육체라든가, 나와 자고 싶어 했던 게슈타포 피에르 라비에를 내가 밀고하기 위해 써먹을 대로 써먹은 얘기 같은 거요. 또한 더 잔혹하게는, 내가 독일인 정보원에게 견디게 했던 심문 얘기도 있겠네요.

『고통』은 추악함과 존엄이 혼합된, 용기 있는 텍스트예요. 내가 쓴, 가장 중요한 작품 중의 하나죠. 이 책의 문체는 모든 사건을 정확하게 보고한다는 점에서 딱딱하고 현대적이에요. 조르주 바타유를 떠올리게 한다고들 하죠. 하나 그건 되풀이해 얘기하지만, 문학이 아니에요. 그보다 더하거나 덜한 무엇이죠.

토레     정말로 전쟁 중에 직접 쓰신 일기가 『고통』의 자료가 된 건가요? 나중에 옷장에서 기적적으로 발견되었다는 그 공책이?

뒤라스     프랑스에선 많은 평론가들이 내 말을 믿지 않았어요. 원하면 공책들을 보여줄 수도 있죠. 일기를 쓰기 시작한 날짜는 기억나지 않아요. 다만 당시 구상하던 소설들, 『지브롤터의 선원』과 『태평양을 막는 제방』의 초안이나 단문들, 메모들과 함께 쓰였다는 건 알죠. 게다가 살면서 거짓말을 할 수도 있겠지만 그런 거에 대해선, 고통의 본질에 대해선 그럴 수가 없는 거예요.

토레     최근의 출간작들로 넘어와서, 『파란 눈 검은 머리』—한 여자와 한 남성 동성애자 사이의 불가능한 사랑 이야기—같은 작품은 자전적인 얘기가 모태라는 걸 행간에 밝히셨어요. 그런데 이 얘기는 선생님의 다른 소설, 『죽음의 병La Maladie de la Mort』에서도 핵심 주제로 쓰이거든요.

뒤라스  실제로 겪은 이야기가 맞아요. 그리 오래전 이야기는 아니고요, 알고 싶은 게 그거라면……. 페터 한트케와 뤼크 봉디가 베를린 샤우뷔네* 극단을 위해 『죽음의 병』을 각색해달라고 요청했었죠. 원고를 보내고 이틀 뒤에 전화를 걸어 돌려달라고 말했어요. 희곡으로 다시 쓰면서 내가 피하려고 했던 온갖 나쁜 습관에 빠져버렸다는 걸 깨달았거든요. 요컨대 그래선 안 되는 텍스트, 절대 '완성형'이어선 안 되는 텍스트에 '탄탄한 골조'를 세워놨더라고요. 이 텍스트의 힘은 바로 그 불완전성에서 나오는 건데 말이에요. 피할 수 없는 형식의 포로가 된 기분이었죠. 세 번이나 다시 썼지만 출구를 찾지 못했어요.

얀에게 하소연하며 이제 더는 글을 쓸 수 없노라고 한탄했지만, 일할 때의 내 방식—위기, 회한, 재검토—을 아는 그는 내 말을 믿지 않았죠. 그리고 6월의 어느 밤, 1986년이었어요, 트루빌에서 더위와 여름밤에 대해 쓰기 시작했죠. 이야기가 술술 풀렸어요.

토레  얀 앙드레아도 텍스트를 함께 읽었나요?

•  독일 실험 연극의 산실.—옮긴이 주

"이제껏 한 번도 글로 쓰지 않았던,
나를 기쁘게 하고 불안하게 하는 것들에 대해
말하고 싶었어요."

뒤라스   당시 얀은 위태위태한 상태였어요. 자동차로 하루에 열
        시간씩이나 애인을 구하러 돌아다녔죠. 집에 오면 흐느끼
        면서 날 원망했고요. 내게 설명되지 않는 무슨 말인가를
        울부짖고 싶은 것 같았지만, 자신한테조차 그게 무언지
        설명할 수 없었을 거예요. 그러면 다시 집을 나갔죠. 어디
        로 갔는지는 모르겠어요. 아마 나이트클럽이며 술집이며
        호텔 로비를 어슬렁거리며 남자를 찾아다녔겠죠. 위아래
        로 온통 흰옷을 차려입고서. 내가 욕구도 없으면서 자신
        의 욕망을 증오하는 남자를 사랑하는 여자의 이야기를 쓰
        고 있는 동안에 말이에요.

토레    1985년에 페터 한트케가 이 작품을 영화로도 만들었어요.

뒤라스   한트케가 내 생각과 블랑쇼의 의견을 결합해서 텍스트를
        다시 쓰더니, 아예 자기화해버렸어요. 영화는 내가 쓴 것
        보다 훨씬, 훨씬 로맨틱하죠. 한트케에겐 남녀 사이에서
        진짜 죽음의 병이란, 감정의 결여일 뿐이에요.

**토레**  블랑쇼는 그의 저서 『밝힐 수 없는 공동체』에서 『죽음의 병』을 길게 언급하면서, 열정에 대해 이렇게 썼어요. "열정은 숙명적으로, 결합의 가능성이 없어 보이는 만큼 더더욱 우리를 끌어당기는 타인에게 우리의 의도와 상관없이 우리를 구속시키고, 그것은 우리에게 중요한 다른 모든 것을 넘어설 만큼 강렬해진다." 좀 더 뒤로 가면 이런 내용이 있어요.

"그는 시간이 지남에 따라 그녀와 함께 있을 때는 확실히, 시간이 더는 흐르지 않는다는 것을 인식했고, 그렇게 그녀가 차지한 자기 소유의 것, '자신만의 독방'을 빼앗기고 공허를 느낀다. 그녀가 질리도록 차고 넘침으로써 구축된 이 공허, 이 공허로부터 그녀가 사라져야만 한다는 생각이, 만일 그녀가 (그가 그녀의 기원이라고 믿는) 바다로 돌아간다면 모든 것이 홀가분해질 거라는 생각이, 행동으로 실현되지 못한 채 어렴풋한 바람으로 남은 생각이 비롯된다. (……) 다만 그는 그 사실을 다른 이들에게 말하고, 그것도 모자라 그것에 대해 웃기까지 하는 실수를 저지른다. 마치 그가 인생까지 걸 각오로 극도로 진지하게 계획했던 그 시도가, 그의 기억 속에 한낱 허망한 웃음거리로만 남았다는 듯이. 그리고 그것이 바로 이 공동체의 특징, 와해될 시에는 존재했음에도 불구하고 전혀 존재하지 않았던 것 같은 인상을 주는 이 공동체의 특징 중 하나이다."

우리는 법이란 법은 죄다 거스르고 위반하고 싶어 하지만, 실제로는 늘 우리를 비껴가요. 모든 사랑의 완성도 실제로는 우리가 한 번도 가져보지 못한 것을 통해서만 이루어지죠. 이 남녀 간의 차이에서 바로 "이미 황량하고 잠정적으로 영원한 공동체", 즉 '밝힐 수 없는 공동체'가 탄생하는 거고요. 연인의 공동체도 모든 공동체가 그렇듯, 절대 서로 생각을 말하거나 교환할 수 없겠죠. 그렇게 사라지면서, 이미 존재했지만 전혀 존재하지 않았던 무언가의 흔적만 남게 될 거고요.

뒤라스   네, 정확히 그거예요.

토레   『물질적 삶』을 출간하시게 된 이유는 뭔가요? 자전적인 문답, 혹은 어떤 기억들의 취합이라고 볼 수 있고, 구술하신 걸 제롬 보주르가 충실하게 옮겨 쓴 형태인데요.

뒤라스   생각한 걸 말하고 싶은 욕망이요, 이제껏 한 번도 글로 쓰지 않았던, 나를 기쁘게 하고 불안하게 하는 것들에 대해 말하고 싶었어요. 그간의 인터뷰에서는 대체로 다들 아무것도 묻지 않았거든요.

토레   얼마 전에 알랭 로브그리예와 함께 작가의 최신작인 『앙젤리크 혹은 매혹Angélique ou l'Enchantement』[*]에 관해 이야기를 나눴어요. 회고록이고 '누보로망'식으로 칭하자면 '누벨오토비오그라피'[***]인데요. 로브그리예는 마르셀 프루스트의 『생트뵈브를 반박하며』[***]를 원용하고 『연인』의 경우를 수차례 인용하면서, 새로운 글쓰기 스타일의 자서전을 가리켜 '누벨오토비오그라피'라는 표현을 썼어요. 안정적이고 일관된 기억보다는 '신빙성이 희박하고 불안정한 기억들로 복원된 텍스트 속에 부유하는 유동적인 단편들'의 연속이라면서요.

뒤라스    『사바나 베이』[****] 같은 텍스트를 보세요. 무대에 선 노부인이 혼란스런 과거를 되짚지만, 머릿속에 떠오르는 건 델 듯 뜨겁고 하얀 바위 이미지뿐이잖아요. 현재에 섞여든 과거는 너무도 비현실적이어서 변형되거나, 나아가 아예 창작될 수도 있어요.

---

[*]    자전적 성격을 띤 소설로 1988년에 출간되었다.—옮긴이 주

[**]    새로운 자서전. '누보로망'은 새로운 소설을 의미한다.—옮긴이 주

[***]    보들레르, 네르발, 발자크 등에 대한 문학 에세이. 프루스트는 이 책을 통해 19세기 문학 비평가인 생트뵈브의 작가 중심 비평, 즉 문학작품을 작가의 삶의 반영으로 간주하여 작가를 중심으로 텍스트를 분석하는 것에 반대하고, 작품의 외적 요소가 철저히 배제된 형식과 문체 중심의 작품론을 펼친다.—옮긴이 주

[****]    1982년에 출간된 뒤라스의 희곡으로 이듬해에 직접 연출하여 무대에 올리기도 했다. —옮긴이 주

토레 선생님의 최근 소설인 『에밀리 엘의 사랑』 또한 세상에
나오기까지 어려움이 많았어요.

뒤라스 말도 마요! 그럼에도 때론 한 주에 책을 몇 권도 쓰게 하
는 악마적인 힘이 솟기도 해요……. 그럴 땐 학교 숙제처
럼 술술 풀리죠.
그래서인지 『에밀리 엘의 사랑』은 문득문득 내가 쓴 것 같
지 않은 기분이에요. 책이 쓰이는 걸 참관한 기분이랄까.
내 편집자 제롬 랭동의 딸인 이렌느가 내가 책을 끝내도록
독려했죠. 이렌느가 거의 매일 우리 집에 들러 쭉 원고를
가져가서는 타이프로 쳐서 도로 갖고 오면 내가 그걸 수정
했어요.

토레 이 책의 어떤 부분들은 『롤 베 스타인의 환희』와 흡사하
다고 선생님께서 직접 말씀하셨어요.

뒤라스 차이가 있다면, 이 소설에선 다른 이의 이야기를 듣고 관
찰하는 여자가 이야기에 직접적으로 연루되지 않는다는
거예요. 눈앞에서 벌어지는 일은, 『롤 베 스타인의 환희』
의 롤라 발레리 스타인에게 일어나는 일과 달리 다른 여
자, 즉 카페에 앉아 있는 에밀리의 현실에 아무 영향도 끼

치지 않죠.

"내 모든 책들은 확실히, 늘 제시된 다음
결여되는 것을 중심으로 탄생하고 전개되죠."

토레    『롤 베 스타인의 환희』는 선생님의 작품들 중에서도 가장
       복합적인 소설로 평가되고 있어요. 소설 양식의 측면에서
       도 그렇고, 몇 가지 함축적인 주제들 때문에도요. 자크 라
       캉은 자신의 세미나들에서 여러 쪽의 글들을 직접 선생님
       께 헌정하기도 했죠.

뒤라스   그 책을 썼을 때 난 병원에서 알코올중독 치료를 받고 있
       었어요. 아마 내 책은 영원히, 알코올 없이 사는 공포와
       연관될 거예요.
       『롤 베 스타인의 환희』는 그 자체로 소설이에요. 결코 표현
       되지 않고 행동으로 이어지지도 않는 잠재적 사랑 때문에
       미쳐버린 여자 이야기죠. 달리 말하면, S. 탈라의 무도회에
       서 롤이 자신의 정혼자인 마이클 리처드슨이 다른 여자, 안
       마리 스트레테르와 함께 떠나는 걸 본 순간, 그녀의 삶은 온
       통 이 결여, 오직 이 공허만을 중심으로 전개돼요. 롤은 도

•      『에밀리 엘의 사랑』은 뒤라스가 『부영사』와 『롤 베 스타인의 환희』 이후 공개적으로 강한
       애착을 드러낸 작품이다.—옮긴이 주

저히 살아갈 수 없는 존재의 조건에 미쳐버린 죄수예요.

토레 방금 말씀하신 공허는 라캉이 모든 존재의 기원과 끝으로
간주한 그 '결여'인 거죠? 복구되지 않을 정도로 단절된 에
고<sup>ego</sup>가 스스로를 발견할 수 있는 중심과 질서의 결여요.

뒤라스 맞아요. 내 모든 책들은 확실히, 늘 제시된 다음 결여되는
것을 중심으로 탄생하고 전개되죠.
정확히 그거예요. 그 자리에 있지도 않고 말을 하지도 않는
인물(안 마리 스트레테르, 중국인, 지브롤터의 선원, 『죽음의 병』
의 여자)과 일어나지도 않은 사건(『길가의 작은 공원Le Square』
이나 『밤배Le Navire Night』, 『모데라토 칸타빌레』, 『타키니아의 작
은 말들』에서처럼)이 이야기를 분출시켜요.

토레 『롤 베 스타인의 환희』로 돌아와서, 이 책을 분석한 자크
라캉과는 어떤 관계이신가요?

뒤라스 라캉은 날 만나자마자 바로 프로이트 얘기를 꺼내더라고
요. 우리가 만난 건 그가 대상의 연구 및 분석 측면에서 예
술가들이 늘 평론가들을 능가한다고 주장하던 시기였어요.
난 그 '롤'의 기원에 대해 나조차도 모른다는 걸 설명하려
고 애썼죠.

라캉은 여성을 대하는 그 남성 특유의 태도—지적 우월감—로 날 평가하는 것 같았어요. 나도 그의 책을 읽지 않아요. 솔직히 잘 이해되지도 않고요.

토레     두 분이 자주 만나셨나요?

뒤라스   언젠가 저녁때 파리 시내에서 만났던 기억이 나요. 두 시간 동안 라캉이 질문을 퍼부어댔고, 난 거의 대답하지 않았어요. 여전히 무슨 말을 하는지 잘 알아듣지 못했죠. 라캉의 말로는 롤이 임상적 정신착란—두 부모와 아이 사이에서 벌어진 원초적 장면*을 떠올리는 비극—의 전형적인 모델이라는 거었어요. 라캉이 내가 미친 여자를 위해 교묘하게 찾아냈다고 주장하는 그 이름, 롤 베 스타인 속에 모든 열쇠가 담겨 있다고 굳게 믿었기 때문이죠. 풀이하자면, '롤 베 스타인'은 '롤', 즉 '종이 날개' 더하기, '가위'를 의미하는 베—수화로 가위를 뜻해요—더하기, '돌'을 의미하는 스타인이라나요. 그가 조합이 딱 들어맞는다고 결론지었죠. '주 드 라 무르(가위바위보 게임)', 즉 '주 드 라무르(사랑의 게임)'**

---

•      프로이트가 확립한 이론으로 아이가 실제로 보았거나 상상하는 부모의 성행위 장면을 의미한다.—옮긴이 주

••   'le jeu de la mourre'는 가위바위보 게임, 'le jeu de l'amour'는 사랑의 게임을 뜻한다.
      —옮긴이 주

라고요. 그러면서 덧붙였죠. 당신은 '매혹적'이고, 우리 독자들은 '매혹'당했다고.

토레  정신분석 치료를 믿으세요?

뒤라스  프로이트는 위대한 작가예요. 읽으려고만 하면 쉽게 읽히고요. 하지만 프로이트 이론은 고루하고 발전이 없는 학문이죠. 정신분석학이 외부 세계와 접촉이 점점 줄어들면서 정상적인 코드에도 잘못된 용어를 갖다 붙이고요. 이러나저러나 난 정신분석엔 별반 관심이 없어요. 나한테 필요하다고 생각하지도 않고요. 어쩌면 내가 글을 쓰기 때문인지도 모르죠. 어쨌든 정신병을 앓는 환자한테도 자신의 신경증을 자각하는 것이 충분한 치료가 될 것 같진 않네요.

토레  1943년 이래로 지금까지, 시나리오와 희곡을 제외하고도 열다섯 편의 소설을 발표하셨어요. 책이 나올 때마다 어떤 기분이신지요?

"기뻐요. 내게서 나온 뭔가가
누군가의 것이 되는 건 즐거운 일이에요."

뒤라스  책은 세상의 빛을 보기 전까지는, 태어나고 밖으로 나오기를 두려워하는 비정형의 무엇이에요. 우리 안에 간직된 채, 피로와 침묵과 느림과 고독을 한탄하는 존재라고 할까요. 하지만 일단 세상에 나오면 그 모든 것이 일거에, 사라져버리죠.

토레      무엇이 되기 위해서요?

뒤라스      모든 이들의 것이 되기 위해서요. 책을 손에 들고, 자기 걸로 만들고 싶어 하는 모든 이들. 글의 감옥에서 책을 해방시켜야 하죠, 그래서 살아가도록, 여기저기로 순환하며 사람들에게 꿈을 꾸게 하도록. 『히로시마 내 사랑』에 영감을 받은 노래도 있다고 하더라고요.

토레      네, 영국 밴드 '울트라복스Ultravox'의 노래예요.<sup>•</sup>

뒤라스      기뻐요. 내게서 나온 뭔가가 누군가의 것이 되는 건 즐거운 일이에요.

토레      『연인』의 이탈리아 출판사가 바뀌었어요. 기존에 선생님의 책을 출간하던 '펠트리넬리&에이나우디'가 아니라 '몬다도리'예요.

---

•      1970년에 발매된 앨범 〈하! 하! 하!Ha! Ha! Ha!〉에 수록됨.

뒤라스      돈을 더 받으면, 언제나 만족스럽죠.

토레        『연인』은 그리 독창적인 제목은 아닌데요.

뒤라스      책을 끝낸 이후에, 같은 제목의 다른 모든 책들에 대한 반
           발로, 그렇게 결정했어요. 이 책은 사랑 이야기가 아니라
           열정이든 이름을 붙이기 불가능한 무엇이든, 모든 중단된
           것에 관한 이야기예요. 그 생략 속에, 이 책의 모든 의미가
           담겨 있어요.

토레        글쓰기에 관해서 말하자면, 그레이엄 그린은 '작가의 슬럼프
           writer's block'에 대해 늦든 빠르든 모든 작가가 빠져드는 함정
           이라고 말했는데요. 기억나는 비슷한 경험이 있으신지요?

뒤라스      『죽음의 병』을 연극으로 각색하며 겪었던 위기에 대해 이
           미 이야기했어요. 1968년부터 느닷없이, 위기가 찾아들곤
           하죠. 그 이전엔 어쨌든 출근을 하듯, 매일 이 책상에 앉
           아 규칙적으로 글을 썼어요. 68년 그때 근 1년 동안, 상상
           력이 막혀 있었어요.
           마침내 『파괴하라, 그녀는 말한다』가 섬광처럼, 떠올랐죠.
           다 쓰는 데 대엿새 정도 걸렸을 거예요. 이후로는 늘 그런
           식이에요. 기나길고 무한정한 침묵 끝에, 책들이 나오죠.

# 텍스트 분석에 대하여

"오직 결여와, 연속되는 의미들 속에
숭숭 뚫린 구멍들과, 빈 공간에서만,
무언가가 생겨날 수 있어요."

토레     선생님의 텍스트에서는 통사구조의 중단, 일부 선형적 연
속성의 붕괴 및 서술적 분석의 성공으로, 말로 할 수 없는
것의 의미들이 전달됩니다.
선생님이 '인쇄상의 공백'(선생님의 몇몇 영화에 리듬을 부
여하는 검은 화면처럼)이라고 부르시는 부분과 또 다른 부
분 사이의 빈 공간, 스크린에서처럼 책장le page에서도 나
타나는 침묵과 그 뒤에 이어지는 대화, 그리고 단속적인
말들은 언어를 익숙한 맥락에서 분리하며, 새로운 의미작
용을 생성하고요.

뒤라스　　언어의 무의식적 자동기술과 결별하고, 시간에 마모된 것들을 정화하는 거예요.

토레　　선생님이 '픽션에 대한 노스탤지어'라고 부르시는 독자의 상상력이나 욕망은 이제 더는 서술적 구조에 갇히거나 파묻히지 않고서 자유로워지고 있어요. 디테일의 과도한 축적이 아닌 생략에 의해서요.

뒤라스　　오직 결여와, 연속되는 의미들 속에 숭숭 뚫린 구멍들과, 빈 공간에서만, 무언가가 생겨날 수 있어요.

토레　　바로 침묵이죠. 선생님의 대부분의 작품들은 연애 관계에서처럼 대화에서도, 말하지 않거나 그저 암시적으로만 언급하는 정도의 절제로 가득해요.
　　인물들은 삶을 완전히 포기한 사람처럼, 존재의 무의식을 대용품으로 채우려는 듯 말하죠. 『트럭』의 여자를 보세요. 트럭 기사가 평소에 사람들을 만나면 무슨 말을 하느냐고 묻자, "그냥 말해요"라고 대답하고 말죠. 마치 이제부터 우리가 중요하지 않은 얘기를 나누게 될 거라는 듯이요. 『길가의 작은 공원』의 남자와 젊은 여자에게도, 『히로시마 내 사랑』이나 『죽음의 병』, 「라 뮈지카」, 『밤배』, 『모데라토 칸타빌레』의 연인들에게도 남은 건 말뿐이에

요. 세상의 모든 연인들에게 그러하듯, 의사소통이 불가
능할 때 의지하는 마지막 목발이나 그들 '존재의 현존성'
의 확인으로서 필수적이라는 듯이요.

말이 타인에게 닿는 건 본질적으로 불가능하죠. 선생님의
인물들은 어떻게든 말하려고 애쓰면서 결국 스스로에게
거짓말을 하게 될 뿐이에요. 그들의 대화는 형이상학적이
고 신성한 종교의 의식과 리듬을 흉내 내려는 듯, 성가의
후렴구처럼, 마디마디 엄숙하게 분절되죠. 수많은 침묵이
대화를 군데군데 끊어요. 침묵의 가치는—그리고 그 소통
력은—어떤 말보다도 크고 중요하죠.

뒤라스    『클레브 공작부인』* 기억나요? 거기서도 공작부인과 느
무르 공작의 침묵이 확실히, 사랑의 침묵으로 전달되잖
아요. 둘 사이의 대화는 늘 부족한 느낌을 남기죠. 그들
의 대화는 불충분한 수단이자 거짓된 욕망의 표현일 뿐이
니까요. 하지만 침묵의 모호함은 열정의 모든 순간을 확
장하고 정지시키죠. 로베르트 무질처럼요. 『특성 없는 남
자』 같은 책은 미완성일 수밖에 없어요.

오빠와 여동생의 관계를 보세요, 말로 환기되는 섹스가
결코 실현되지 않잖아요. 마치 말로 표현이 가능해지기

---

* 라파예트 부인의 1678년 작품으로, 불가능한 사랑이 간결하고 절제된 어조로 치밀하게
묘사되어 심리분석 소설의 선구로 평가받는다.—옮긴이 주

시작한 시점에서는 그럴 수밖에 없다는 듯이, 오직 문학
만을 할 수 있다는 듯이.

토레　　　선생님의 서술 방법은 어떤지요?

뒤라스　　모든 게 말에서 시작돼요. 내가 사용하는 언어의 의미는
　　　　　글을 쓰는 순간엔 나와 관련이 없어요. 만일 있다면, 텍스
　　　　　트 안에서 펼쳐질 거고요. 보들레르의 시에서처럼요.

토레　　　『연인』에 대해서 '달리는 글쓰기'라는 말씀을 하셨어요.

"망각과 구멍이야말로 진정한 기억이죠.
우리를 회상과 맹목적인 고통의 압박에서 구해주는."

뒤라스　　그 책에서 무언가를 보여주는 방식이 그랬으니까요. 강요
　　　　　도 설명도 없이, 그저 이 페이지에서 저 페이지로 건너다
　　　　　니며 툭툭 던지는 식이었죠. 오빠를 묘사하다가 건너뛰어
　　　　　열대우림 이야기를 하고, 깊숙한 욕망에 대해 묘사하다가
　　　　　바로 푸른 하늘 묘사로 넘어가고.

토레　　　기억, 이탈, 플래시백 등은 선생님 작품들의 서사구조에
　　　　　서 빠지지 않는 요소인데요.

뒤라스 　사람들은 흔히 삶이 사건별로 연대순으로 식별된다고 생각하지만, 우리는 실은 사건들의 사정거리가 어느 정도나 되는지 알지 못해요. 우리의 잃어버린 감각을 되살리는 건 기억이죠.

하지만 우리가 볼 수 있고 말할 수 있는 모든 것들은 우리가 경험한 것들의 표면, 외피에 불과해요. 나머지는 되살려낼 수 없을 만큼 우리 안에 어둡고 깊숙하게 도사리고 있죠. 기억이 강렬할수록, 통째로 드러내기가 어려워져요.

난 전통적인 의미의 기억 되살리기는 관심 없어요. 우린 구미대로 자료를 파내는 보관소가 아니니까요. 더구나 기억을 잊는 건 절대적으로 필요해요. 만일 우리에게 일어나는 일의 80퍼센트가 기억 저편으로 물러나 있지 않는다면, 사는 게 참을 수 없어질 거예요. 망각과 구멍이야말로 진정한 기억이죠. 우리를 회상과 맹목적인 고통의 압박에서 구해주는. 다행스럽게도, 우리는 잊어요.

토레 　시인이자 문학평론가인 자클린 리세는 현대문학 전통에 대해 플로베르와 함께 선생님의 작품을 언급하며 '어느 것에 대한 것도 아닌 책들'\*\*의 끊임없는 연속이라고 말한

---

• 　"내게 가장 아름다워 보이고, 내가 정말 하고 싶은 건, 어느 것에 대한 것도 아닌 책을 쓰는 것이오. 외부와 연결되지 않고 오직 문체의 내부적인 힘만으로 유지되는 책, (……) 주제가 없거나 적어도 주제가 거의 보이지 않는 책 말이오." 플로베르, 「루이즈 콜레에게 보내는 편지」(1852)에서.—옮긴이 주

바 있어요. 바로 무無 위에 쌓아올린 소설들이라는 거죠.

뒤라스    글쓰기란, 이야기를 들려주는 일이 아니에요. 그보다는 이야기를 둘러싼 것들을 환기시켜, 이야기를 중심으로 순간을 창조하고, 이어서 또 다른 순간을 계속해서 창조하는 작업이에요. 거기엔 모든 것이 있고, 아무것도 없을 수도 있으며, 두 경우가 교환 가능할 수도 있죠. 우리의 삶에서 일어나는 사건들처럼 말이에요.

토레    그걸 선생님의 반복적이고 돌발적인 조건법 시제 사용에 대한 설명으로 보아도 될까요?

뒤라스    조건법은 영화만큼이나 문학의 바탕이 되는 작위적인 아이디어를, 다른 어떤 시제보다도 그럴듯하게 만들어줘요. 모든 사건이 다른 무엇의 잠재적이고 있을 법한 결과로 보이게 되죠. 그래서 아이들이 허구의 결말을 의식하는 동시에 가벼운 게임을 즐기는 기분으로, 끊임없이 조건법 동사를 변형하며 노는 거예요.

토레    선생님 작품의 마지막은 종종—『수잔나 앙들레르Suzanna Andler』와 『길가의 작은 공원』의 경우가 떠오르네요—결말을 맺는 대신, 불확실성이 내포된 부사 '아마도'로 끝납니다.

뒤라스 　난 늘 일순간에 '끝이 나는' 이야기들을 경계해왔어요.

"글을 절제하고 싶은 열망,
모든 언어가 벌거벗은 상태로
질서 정연하게 들어선 공간에 대한 열망이죠."

토레 　선생님의 '스토리 부재'는 소설적 상상력이 제로 수준이 될 위험이 있고, 그럼에도 선생님은 이미 어느 정도는 진부해진 '거창한' 담론만을 유일무이하게 고집하시죠. 바로 사랑의 담론을요.

뒤라스 　어리석은 전위주의자들만이 미지의 영역을 탐사하느라 골머리를 썩이면서 문학을 쇄신한다고 믿는 거예요.

토레 　선생님이 사용하시는 언어는 드물고 고상한 표현보다는, 흔하고 일상적인 표현들에서 찾아볼 수 있는데요.

뒤라스 　내 안에서 글의 재료가 될 언어의 정화와 압축 작용이 자동적으로 일어나거든요. 글을 절제하고 싶은 열망, 모든 언어가 벌거벗은 상태로 질서 정연하게 들어선 공간에 대한 열망이죠.

토레　최근의 소설들인 『파란 눈 검은 머리』와 『에밀리 엘의 사랑』에서—또한 영화에서도 '보이스오버'를 사용하여—, 이른바 '이중 서술' 기법을 사용하셨어요. 화자는 이야기와 직접적으로 연관된 1인칭 주인공이면서도, 자신의 이야기와 동시에 전개되는 또 다른 이야기를 목도하죠. 그 때문에 중심적인 서술에 따라 시점이 이탈하거나, 이중으로 분리되고요.

뒤라스　독자에게 가닿는 건 절대 직접적인 스토리가 아니라, 일어난 일의 대략적인 정황 보고인 거죠. 고작 감정이 아닌, 정화되고 남은 잔재가 전달되는 거예요.

토레　사물을 응시하는 시선과 서로의 시선 속에서 둘 곳을 잃어버리는 끊임없는 시선의 마주침, 서로의 눈 속에서 포개지는 시선이야말로, 등장인물들의 현실과 이야기를 드러내는 진정한 인식 도구예요. 각 등장인물은 관찰하고 누군가에게 관찰당하며, 그 누군가는 또 다른 누군가에게 관찰당하죠. 그 모든 일은 이야기 전체를 정리하고 모든 것에 의미를 부여하는 전지전능하고 우월한 한 시선—이 경우, 화자이겠죠—이 부각되지 않은 채, 일어나요.
『롤 베 스타인의 환희』의 줄거리가 아주 대표적이죠. 진정한 관음증 이야기라고 할까요. 여주인공은 자신의 일이 아닌 다른 사건의 전개에 특별한 관심을 드러내요. 이야기 서두에 롤은 자신의 정혼자인 마이클 리처드슨이 안 마리 스트레테르와 만나는 걸 목도하고, 다음엔 안 마리가 마찬가지로 자크 홀드와 타티아나 칼의 만남을 목도하죠. 그녀는 자신을 영원한 구경꾼의 역할로 전락시킨, 두 연인이 함께 있는 장면을 영원히 보존하려는 무의식적 욕망에 사로잡혀 있거든요.

관음증—표본은 많아요. 『사랑』의 삼각관계부터 『파괴하라, 그녀는 말한다』, 『모데라토 칸타빌레』, 『에밀리 엘의 사랑』의 경우까지—은 선생님의 작품에서 사랑을 나타내는 반복적인 테마예요. 마치 연인 사이의 열정을 바라보는 영원한 제3자의 존재 가능성을 확인하려는 것 같다고 할까요.

"난 늘 사랑은 삼각관계라고 생각해왔어요.
두 사람 사이를 감도는 욕망을 바라보는
또 다른 눈이 있다고."

뒤라스　난 늘 사랑은 삼각관계라고 생각해왔어요. 두 사람 사이를 감도는 욕망을 바라보는 또 다른 눈이 있다고. 정신분석학에서는 원초적 장면에 대한 반복적 강박이라고 말하죠. 하지만 난 이야기의 제3의 요소인 문체를 말하는 거예요. 게다가 우리는 우리가 행하는 것과 결코 완전히 일치하지 않아요. 우리가 생각하는 우리와도 완전히 일치하지 않고요. 우리와 우리의 행동 사이에는 거리가 있어요. 모든 사건은 외부에서 벌어지죠. 인물들은 자기들도 관찰당한다는 걸 알면서, 관찰해요. 자기들 앞에서 다시 한번 벌어지고 있는 '원초적 장면'에서 배제되는 동시에 포함되는 거죠.

토레　　선생님의 영화나 소설에서는 시간적 차원의 연속성이나 선형성이 지켜지지 않아요. 또한 시간 단위—플래시백과 나중에 말해지거나 주기적으로 반복될 근미래를 통해—가 붕괴되고, 마찬가지로 행동과 장소의 일관성도 해체되고요.
　　선생님이 따르는 기준은 동시다발적 단위죠. 한 번에 한 개가 아닌 세 개의 행위가 수평적이고 압축된 몽타주로 분해되고 통합돼요.
　　각 사건은 다른 곳에서 벌어지는 어떤 만남과 일치하고, 그렇게 이야기의 시간은 다양한 시공간에 따라 등장하는 인물들과 물밀 듯 쏟아지는 행동들에 맞춰 즉시 내면의 시간으로 복구되면서 흐르죠.

뒤라스　　우리의 삶에서 벌어지는 사건들은 절대 특별하지 않아요. 우리가 바라듯 일정하지도 않고요. 다채롭고, 돌이킬 수 없으며, 우리의 의식 속에서 영원히 반향을 일으키죠. 메아리처럼, 강물의 동심원처럼 퍼져 나가고 시시각각 서로 교차되면서, 우리의 과거에서 미래를 오가는 거죠.

# 문학

"모든 작가들은 원하든 원하지 않든 간에,
자기 자신에 관해 써요."

토레      사람들이 왜 글을 쓰기 시작한다고 생각하세요?

뒤라스    내 최근 소설 『에밀리 엘의 사랑』이 떠오르네요. 에밀리
는 책을 읽고, 시를 써요. 사실 모든 건 문학에서, 에밀리
의 아버지가 권했던 에밀리 디킨슨의 시들에서 시작돼요.
『에밀리 엘의 사랑』도 디킨슨의 책에서 어렴풋하게 영감
을 얻은 거죠.
사람들이 왜 글을 쓰는지는 나도 잘 몰라요, 어쩌면 유년
시절의 고독 때문이 아닐까요. 에밀리나 나처럼 우선 아
버지가 있었겠고, 아니면 책, 혹은 스승이나 코친차이나
의 강가에서 길을 잃은 여자가 있었을 거예요. 말이 나왔

으니 얘기지만, 사실 난 이런 의문을 품지 않고서는 누구도 알게 되었다고 생각해본 적이 없죠. 사람들은 쓰지 않을 때 대체 무얼 할까? 난 쓰지 않는 사람들에 대해 은밀한 경외감을 느껴요. 대체 어떻게 그럴 수 있는지 모르겠거든요.

토레  글쓰기와 현실 사이엔 어떤 관계가 있나요?

뒤라스  모든 작가들은 원하든 원하지 않든 간에, 자기 자신에 관해 써요. 그들 인생의 핵심 사건인 그들에 대해. 마찬가지로 작가가 언뜻 그에게 낯선 어떤 것에 대해 이야기하는 것처럼 보일 때에도, 그건 늘 그의 자아, 그의 강박과 연관돼 있죠. 마찬가지로 꿈도—프로이트가 말했듯—우리의 에고이즘만을 드러낼 뿐이고요.
작가에게는 두 개의 삶이 있어요. 하나는 하루하루 그를 말하게 하고 행동하게 하는 표면적인 자아의 삶, 다른 하나는 늘 그를 졸졸 따라다니며 휴식을 주지 않는 진정한 자아.

토레  선생님께 자전적인 요소는 어느 정도까지 중요할까요?

뒤라스  우리가 쓰는 글의 단초를 쥐고 있는 건, 늘 우리가 만나고 좋아하고 눈여겨보는 이들, 즉 타인들이에요. 일부 작가들, 심지어 위대한 작가들마저도 떠올리는, 우리가 세상에 혼자라는 생각은 어리석은 거예요.

"어느새 알게 모르게, 생각의 편린들에
관계가 작동하도록 내버려두는 거예요."

토레      마르그리트 유르스나르는 문학평론가 마티외 갈레와의 인터뷰집 『열린 눈Les Yeux Ouverts』에서 이렇게 주장해요.
"글을 쓸 때 나는 숙제를 마치는 기분이에요. 어느 면으로는 내가 나에게 받아쓰기를 시키는 것 같다고 할까요. 내가 생각하고 내가 불러주는 걸, 질서 정연하게 받아 적는 힘들고 고단한 숙제를 하는 거죠."

뒤라스      나는 생각의 편린들을 그때그때, 굳이 바로 서로 연관 지으려 애쓰지 않고서 적어둬요. 어느새 알게 모르게, 관계가 작동하도록 내버려두는 거예요.

토레      결국 글쓰기란 수동적인 잉태 과정, 이미 알고 있던 어떤 것의 새로운 발견인 거군요.

뒤라스      우리 안에, 내가 '열정의 장소'라고 부르는 것 속에 이미

원시적 형태, 타인에게는 해독 불가능한 형태로 존재했던 것들을 판독하는 거죠.

토레　선생님의 글쓰기 과정을 직접 풀어주실 수 있으신지요?

뒤라스　대략 일주일에 한 번씩, 고질적인 바람이 획 불고 가요. 그랬다가 몇 달에 걸쳐 사라지죠. 아직 무언지 모른 채 아주 오래된 명령, 글쓰기를 시작할 필요성이 대두돼요. 글쓰기 자체로 이 무지가, 모든 경험이 통합되어 축적된 어두운 장소에서 탐구해온 것이 증명되죠.

　　아주 오랫동안, 글쓰기는 일이라고 믿었어요. 지금은 '일과 무관한 것non-work'이라고 확신해요. 그러니까 글쓰기는 내부적 사건, 무엇보다 우리 자신을 비우는 사건에 도달한 뒤, 우리에게 분명했던 어떤 것이 새나가도록 내버려두는 것이죠. 상반된 힘의 관계가 언어에 의해 규정되고 분리되고 제어되어야 하는 산문의 경제성이나 형태 및 구성에 대해서는 많은 말을 하지 않을게요. 다만 악보 같은 거예요. 만일 이런 것들을 고려하지 않는다면, 그저 '자유로운' 책을 내게 될 거예요. 하지만 글쓰기는 이 자유와는 아무 관련이 없어요.

토레　그게 바로 선생님이 글을 쓰게 만드는 결정적인 이유라고 생각해도 될까요?

뒤라스    작가의 고통은 '내부적'인 것이 자연히 '외부적'인 것으로 변화하면서 본래의 힘이 책장 전체로 퍼질 때까지, 우리 내면의 어둠을 **찾아야만** 한다는 것에 있어요. 내가 오직 미치광이들만이 완전하게 쓸 수 있다고 말하는 이유도 바로 그거예요. 그들의 기억은 '구멍 뚫린' 기억이고, 모조리 외부를 향하고 있거든요.

토레    환상을 몰아내기 위해 글을 쓰는 건요? 선생님께서도 글쓰기 요법의 효력을 인정하신 바 있어요.

"나는 오직 두 경우에만 자유로워질 수 있어요.
자살하거나, 글을 쓰거나."

뒤라스    어릴 때, 나병에 감염될까봐 늘 두려웠어요. 어딘가에 나병에 대해 글을 썼고 그 이후로 나병이 더는 두렵지 않았죠. 이걸로 어느 정도 설명이 될까요.
난 나를 평범하게 만들고 무참히 망가뜨리고 이어서 중요하지 않게 만들기 위해, 짐을 내려놓기 위해 글을 썼어요. 텍스트가 내 자리를 차지해서, 내가 덜 존재하도록. 나는 오직 두 경우에만 자유로워질 수 있어요. 자살하거나, 글을 쓰거나.

토레 　　마르그리트 유르스나르는 『열린 눈』에서 작가는 "독자의 통찰력을 높이고 무기력과 편견을 제거하며, 작가 없이는 독자가 보거나 느끼지 못했을 것을 보고 느끼게 해줄 때, 쓸모 있다"고 말했어요.

뒤라스 　　네, 진짜 작가들은 필요하죠. 그들은 다른 이들이 비정형으로 어렴풋하게 느끼는 것에 형태를 제공하니까요. 그래서 독재정권에서 작가들이 추방당하는 거죠.

토레 　　문학의 임무는 무엇이라고 생각하세요?

뒤라스 　　금지된 것을 똑똑히 드러내는 것, 보통 말하지 않는 것들을 말하는 것. 문학은 논란거리가 **되어야만** 해요. 오늘날 정신과 관련된 모든 활동은 모험과 위험의 소지가 다분해야 하죠. 시인은 그 자체로 위험한 사람이어야 해요. 우리와 달리, 삶을 돌보지 않는 누군가여야 하죠.
　　랭보와 베를렌을 보세요……. 아, 베를렌은 나중에야 나타나긴 했지만. 가장 위대한 시인은 여전히 보들레르예요. 그는 스무 편의 시만으로도 길이길이 남기에 충분해요.

토레     언젠가 한 인터뷰에서 여성의 글쓰기와 남성의 글쓰기를 구분 짓는 명확한 특성에 대해 암시적으로 말씀하셨어요.

"남성의 글쓰기는 권력, 권위와 가깝고,
그것들은 그 자체로
진정한 글쓰기와 거의 관련이 없죠."

뒤라스   여성은 오래전부터 침묵, 즉 자신에 대한 인식, 그리고 자신의 목소리를 듣는 능력과 자연스럽고 내밀하게 연관돼 있었어요. 이것이 구조적으로 관념적이고 이론적인 지식을 지나치게 강조하는 남성의 글쓰기에 결여된, 진정성으로 여성을 이끌었죠.

토레     요컨대 남성은 한 개인이나 집단의 문화적 자산인 지식과 더 연관돼 있다는 말씀인지요?

뒤라스   따라서 권력, 권위와 가깝고, 그것들은 그 자체로 **진정한** 글쓰기와 거의 관련이 없죠. 롤랑 바르트가 사랑에 관해 쓴 걸 보세요. 문장들이 매혹적이고 치밀하며 박식하고 문학적이지만, 차갑잖아요. 사랑을 책으로만 알거나, 멀리서 바라보기만 한 사람의 글이죠. 격정, 충동, 고통은 모르는. 그의 글엔 극도로 통제된 것 외에 아무것도 없어요. 프루스트는 오직 동성애 덕분에, 굴곡 많은 열정에 휩싸이면서 동시에 문학을 할 수 있게 됐죠.

토레      다소 과도한 해석이라고 생각하진 않으세요?

뒤라스      남성의 글쓰기에서는 관념으로 너무 무거워진 문체만이 느껴져요. 프루스트, 스탕달, 멜빌, 루소는 성性이 느껴지지 않는 반면에요.

토레      레몽 크노와의 관계에 대해 말씀하시면서, 그가 선생님의 『길가의 작은 공원』에 과도한 낭만주의의 꼬리표를 붙여 평가한 것 때문에 사이가 틀어졌다고 하셨어요. 선생님은 『길가의 작은 공원』에 강한 유물론을 새겨 넣고 싶어 하셨는데 말이에요.

뒤라스      그 경우는 그가 정말, 책을 이해하지 못한 거예요. 『길가의 작은 공원』을 사랑 이야기로만 읽을 뿐 전혀 이해하지 못한 사람들보다 나을 게 없었죠.

토레      크노나 크노와의 만남에 대해 또 다른 기억이 있으신지요?

뒤라스      내가 참 좋아했더랬죠. 『지하철 소녀 자지Zazie dans le Métro』

는 뛰어난 책이라고 생각해요. 하지만 누가 알겠어요, 그가 자신과 자신의 깊숙한 곳에 도사린 어두운 생각을 두려워하지 않았더라면 어찌 끝났을지 의문이 드네요.

토레      선생님이 크노와 교류하던 시절의 글들에 대해 말씀하시는 건가요?

뒤라스      크노는 갈리마르 출판사에 들어오는 원고들을 검토하는 자기만의 방식이 있었어요. 몇 장만 훑어봐도 바로 알 수 있다고 말했죠. 책이 성공적인지 아닌지가 아니라 작가가 마치 소녀가 일기를 쓰듯, 텍스트에 심정을 콸콸 토해놓는 자기중심적인 아마추어인지, 아니면 반대로 비록 글이 그다지 좋지 않더라도 진정한 작가인지를. 그가 말하길, 작가란 자기 혼자 텍스트와 마주하는 게 아니라는 걸 깨달은 사람이라는 거였죠.

토레      나탈리 사로트나 알랭 로브그리예, 클로드 올리에, 클로드 시몽 같은 누보로망 작가들과는 어떤 관계셨나요?

뒤라스      다들 나한테는 너무 지식인이에요. 모든 상상력을 문학적 이론으로 떠받치고 귀결되게 하죠. 난 아니에요, 난 무언가를 가르친다는 생각은 전혀 한 적이 없어요.

나탈리 사로트는 나의 소중한 친구들 중 한 명이에요. 물론 사로트가 쓴 도스토옙스키에 대한 에세이*가 지나치게 지적인 그녀의 소설들보다 뛰어나다는 생각엔 변함이 없지만요. 사로트도 몇 년 전에 자전적 형식의 글을 시도했어요. 그런데 우리 중 누가 그 『어린 시절』를 읽겠느냐고요? 거의 안 팔렸다고 하더라고요.** 로브그리예는 가족 연대기 중 세 번째 작품***을 출간해요. 말이 났으니 얘기해보세요, 이탈리아에선 아직도 로브그리예의 책들이 화제가 되나요? 네, 대단히 똑똑한 남자긴 해요, 열정적이고⋯⋯. 어디선가 한번은 로브그리예가 늘 그렇듯 다소 모호하게, 아마 악의 없이, 내 작품이 반복적이라고 비난한 적이 있었죠. 일정한 어떤 주제를 작품들마다 고집하는 건 당연히 상상력 부족을 의미한다는 듯이 말이에요. 내 모든 신작은 이전 작품을 대체하고, 확장하며, 변경하죠.

**토레**    1950년대에 대해 이야기를 나누었는데요. 이 시기에 『태평

---

*    『의심의 시대L'Ère du Soupçon』, 갈리마르, 1956년.

**    갈리마르에서 1983년에 출간되었다. 이 책은 뒤라스의 기억과는 달리, 나탈리 사로트에게 처음으로 진정한 대중적 성공을 안겨주었다.

***    『코랭트의 마지막 나날들』을 말하는 것으로, 당시 알랭 로브그리예는 아직 집필 중이었고 책은 1994년이 되어서야 출간되었다.

양을 막는 제방』이나 『모데라토 칸타빌레』 같은 소설이 출간되었고, 선생님과 시선학파École du Regard* 사이의 어떤 형식적, 주제적 유사성이 거론되었어요.

## "내 모든 신작은 이전 작품을 대체하고, 확장하며, 변경하죠."

뒤라스     얘기하고 싶지 않은 주제예요. 다만 나의 스승은 다른 작가들이고, 앞으로도 영원히 그럴 거라고만 해두죠. 헤밍웨이의 대화들이라든가 라파예트 부인이나 뱅자맹 콩스탕의 사랑에 대한 분석이라든가 포크너, 무질, 루소 등등.

토레     필리프 솔레르, 미셸 투르니에, 미셸 레이리스, 미셸 뷔토르 같은 현대 프랑스 작가들에 대해선 어떻게 생각하시나요?

뒤라스     그 사람들을 대체 누가 읽죠? 지루하지 않을까 싶네요. 뷔토르 같은 작가들에 대해서는 『변경』 이후로, 크게 할 말이 없을 것 같아요. 솔레르는 한계가 뚜렷하고요. 대중을 사로잡기 위해 못할 일이 없고, 언론의 관심을 받기 위

*     누보로망 작가들은 평론가들에게 '시선학파', '거부학파', '앙티로망(반소설)' 작가로도 불린다.—옮긴이 주

해 사실 이제 더는 누구도 충격받지 않는 주제로 부르주아들을 논란거리로 만드는 그런 사람은 아마 자신에 대한 확신이 없는 사람이 아닐까요.

게다가 그런 부류들의 얘기를 듣는 것 자체가 내게는 이제 못 견딜 노릇이에요. 내가 신문이나 텔레비전에서 무언가를 말할 때마다 번번이 끼어드는 대부분의 평론가들처럼 시기심으로 가득하거든요. 장뤼크 고다르와 내가 텔레비전에서 영화와 책들에 대해 대화를 나누었던 작년처럼, 언제든 날 공격할 준비가 되어 있죠.

어쨌든 그들 중 『롤 베 스타인의 환희』 같은 책을 쓸 수 있는 사람은 아무도 없을 거예요.

토레      '신新철학자들'을 아세요?

뒤라스    비호감인 건 아니에요. 외려 그 반대죠. 다만 내 눈엔 파리풍에 좌파적 스노비즘에 물든 다소 촌스러운 젊은이들로 보여요. 그들에 대해선 특별히 이렇다 할 말이 없네요. 그들과 문화적 깊이가 전혀 다른 시대를 살았던 나 같은 사람은 너더욱.

토레      마르그리트 유르스나르가 타계하기 전까지는, 선생님과 유르스나르가 프랑스 여성 문학계의 1위 자리를 다투었

헤밍웨이상을 수상한 뒤라스, 1986년

다고들 합니다.

뒤라스      유르스나르는 프랑스 아카데미 회원 자리에 올랐어요.[*] 나는 아니고요. 더 무슨 말을 하죠? 『하드리아누스 황제의 회상록』은 대단한 작품이에요. 나머지 작품들은 『북부의 자료실Archives du Nord』 이후로 나는 읽히지 않더라고요. 절반쯤 읽다가 포기했죠.

"문학에 대해 주제를 뒷받침하는 수단이라는
단 한 가지 시각만 존재한다는 것이
참담하네요."

토레      알베르 카뮈가 대표하는 참여문학에 대해선 어떻게 생각하세요?

뒤라스      현대 작가들은 지루하다고 이미 얘기했어요. 대부분은. 카뮈의 책들도 같은 방식으로 구축되었으리라 짐작돼요, 똑같은 작위성, 똑같은 교훈성. 문학에 대해 주제를 뒷받침하는 수단이라는 단 한 가지 시각만 존재한다는 것이 참담하네요.

토레     사르트르와의 관계는 어떠셨는지 들어볼까요?

뒤라스   사르트르는 프랑스가 정치적, 문화적으로 뒤처지게 된 유
         감스런 원인이에요. 그는 자신을 마르크스의 계승자, 마
         르크스사상의 유일하고 진정한 전달자로 여겼죠. 거기에
         실존주의의 모호함이 있는 거예요. 더구나 조셉 콘래드를
         떠올리면, 더는 그를 진정한 작가로 여길 수 없어요. 이제
         그는 자기 안으로 고립되고 움츠러든 인물일 뿐이에요.
         전쟁이 터지기 전에는 나도 그러했듯, 지식인은 당에 가
         입해야 했죠. 사르트르는 응당 그래야 했음에도 투쟁하는
         대신, 자칭 '지식인의 잘못'을 공격했고, 그 경우 일순위
         로 공격받아야 할 사람은 바로 그였어요.

토레     1950년대에 꾸준히 선생님을 방문했던 인사들 중에는 조
         르주 바타유도 있는데요.

뒤라스   우린 매우 친한 친구 사이였어요. 그래도 바타유의 내면엔
         매우 가톨릭적인 무언가가 있었다는 내 생각—또는 적어
         도 의심—은 어떤 것으로도 거두지 못하죠. 그의 모든 저작
         물엔 일종의 모호함이 배어 있어요. 그를 역겹게 만드는 동
         시에 매혹되는 매우 오래된 죄책감으로 괴로워하는 것 같
         다고 할까요. 그의 에로틱한 글들이 그 방증이죠.

그의 언어 사용에 대해 이야기하자면 바타유의 위대함은 쓰면서 '쓰지 않는' 방식에 있어요.

『하늘의 푸른빛』에서 시도한 스타일의 부재는, 자기 안의 모든 문학적 기억을 어떻게든 몰아내려는 소망에서 비롯됐어요. 어떤 의미로는 단어에, 다른 모든 암시적 의미를 가지쳐내고서 최초의 의미를 다시 부여하려는 것이죠. 마찬가지로 책의 등장인물들은 부르주아 개인주의의 과오에서 해방되어 '나'의 파괴, 해체를 향해 나아가요.

토레    엘리오 비토리니, 이탈로 칼비노, 체사레 파베세, 줄리오 에이나우디 같은 이탈리아 문인 및 지식인 들과도 오랜 교류가 있으셨어요. 이탈리아는 1950~60년대 여름휴가의 대부분을 이곳에서 보내셨을 정도로 잘 아시는 곳이죠. 현대 이탈리아 문학에 대해선 어떻게 생각하시나요?

뒤라스    60년대 이후로는 이탈리아 문학을 읽지 않았어요. 물론 비탈리아노 브란카티, 이탈로 스베보, 카를로 에밀리오 가다가 있었죠. 비토리니는 진정으로 큰 작가가 되기 위해서는 이탈리아를 떠나야 했어요. 아시겠지만 촌티를 벗어야 했다고 할까요?

토레    엘사 모란테를 좋아하신다고 알려져 있어요.

뒤라스　　사실이에요. 『이야기La Storia』. 책을 읽으며 떠올렸던, 개와 아이를 데리고 폭격으로 폐허가 된 로마를 홀로 터덜터덜 걷는 여인의 이미지가 머릿속에서 좀처럼 흐려지질 않아요. 그래서 모란테를 좋아했던 것 같아요. 만나서 함께 소설에 대해 이야기하고 싶다는 생각을 하고 얼마 안 있어 죽어버렸죠. 내 바람을 알리기도 전에.

# 비평과 독자

"현대문학은 모호한 곳에 불빛을 비추거나
그대로 건너뛰면서 나아가요."

**토레**      선생님의 책들이 화제가 되기 시작한 건 언제부터인가요?

**뒤라스**    1958년 『모데라토 칸타빌레』부터요. 평론가들의 의견이
둘로 갈렸고, 내 작품에 대해선 그때부터 죽 그런 식이에
요. 일부 평론가들은 누보로망을 꺼내들죠. "이야기가 아
닌 이야기"라면서.

**토레**      이후로 대부분의 평론가와 다수의 대중이 선생님의 작품에
무관심하고 조용한 몇 해가 흐릅니다. 그러다가 1984년에
갑자기 뒤라스 열풍이 불죠. 『연인』은 프랑스에서만 150만
부가 팔리고 26개 언어로 번역돼요. 이 갑작스런 역전을 어

떻게 설명하시겠어요?

뒤라스      책이 나올 때마다, 작가는 비평으로 인해 잘못한 기분이 들고 자신의 작업, 나아가 자신의 존재까지 증명할 필요를 느끼게 되죠. 아무튼 이곳 프랑스에선 나한테 늘 그런 식이었어요. 이젠 됐다고 생각해요.

게다가 달라진 건 나나 내 글이 아니라 독자이고요. 이젠 사람들이 어렵고 힘든 걸 읽어요. 책을 읽으며 설령 이해하지 못하더라도, 의미가 명확한 것이나 **쓰인** 그대로만 이해할 수 있더라도, 모호한 부분들은 그냥 지나치며 계속해서 읽는 거죠. 현대문학은 모호한 곳에 불빛을 비추거나 그대로 건너뛰면서 나아가요. 과학의 발전과 같은 원리죠. 우리가 어디로, 어디까지 나아갈지 알 수 없지만 어쨌든 나아가잖아요.

토레      『연인』은 선생님께 일흔 살에 가장 권위 있는 문학상인 공쿠르상을 안겨줬어요.

뒤라스      나한테 그 상을 준 건 정치적인 행위였을 뿐이에요. 그러지 않을 어떤 정당한 이유도 없었으니까요. 전통적으로 젊은 작가들에게 격려 차원에서 수여하던 이 상의 의미를 쇄신하는 방식이자 시작점이기도 했고요.

심지어 공쿠르를 둘러싸고도 누구나 끼고 싶어 안달인 그 '미테랑 시대'의 영향력이 느껴졌죠…….

그때 근 10년 동안을 독일에서 발생한 인세로 생활했어요. 이후로는 영국에서 돈이 들어왔고요. 프랑스에선 불법체류자가 된 기분이었죠. 나에 관해서 일종의 블랙아웃이었다고 할까요.

내가 글을 쓰는 다른 여성들(콜레트를 비롯해서 진정으로 글을 쓰는 여성들)과 가까운 기분을 느낀다면, 그건 문학계의 '앙팡 테리블'이 된 기분이 드는 방식 때문이에요. 평론가들은 늘 어떤 여성적인 영역에서 비롯되는 모든 것들을 비난했거든요. 사랑의 테마나 고백, 자전적 소재 등. 수년간, 여성의 위반은 시에 국한되어 표현돼왔어요. 내가 그걸 소설로 이동시켰죠. 내가 한 많은 것들은 혁신적이에요.

"수년간, 여성의 위반은 시에 국한되어
표현돼왔어요. 내가 그걸 소설로 이동시켰죠."

토레    문학상에 대해선 어떻게 생각하세요?

뒤라스   내가 생각하는 이상적인 상은 권력의 법칙, 즉 프랑스의 전지전능한 평론에 종지부를 찍는 상일 거예요. 평론은

제도의 일부이고, 작품의 문학적 가치보다 제도를 우선시
하니까요. 지금은 상 자체가 책의 목적이 되었죠. 혁신적
인 의도를 내세우기 위해서는, 작가가 심사위원들보다 먼
저 작품을 평가할 수 있어야 하거든요. 내가 메디치상 심
사위원 제안을 거절한 이유도 바로 그거예요. 그들이 클
로드 올리에한테 상을 수여한 것만으로는 내가 의견을 바
꾸기에 충분치 않죠.

토레　　좀 전에 말씀하신 블랙아웃이 선생님의 글쓰기에 영향을
　　　　끼쳤나요?

뒤라스　아니요, 내 문학은 자체적으로 엄격해요. 혹여 내가 의심
　　　　을 갖는다면, 글쓰기 자체에 관한 것이지 주제 때문은 아
　　　　니에요. 난 사람들에게 굳이 강요하지 않고도, 머릿속에
　　　　무언가가 생성되게 하는 걸로 충분해요.

토레　　오늘날에 특히 선생님의 초기작들을 떠올리는 독자들이
　　　　있어요.

뒤라스　내가 '이전과 같이 단순하지 않은' 걸 나무라는 한 무리의
　　　　오랜 독자들이 있죠. 그들이 틀렸다고는 못하겠어요. 『연
　　　　인』, 『죽음의 병』, 『에밀리 엘의 사랑』은 어려운 책들이에

요. 생략, 침묵, 암시로 책이 전개되니까요. 텍스트와 독자 사이에, 문장 자체의 단순한 독해를 넘어서는 거의 사랑하는 관계 같은 공감대가 요구되죠.

**토레**　'뒤라스 읽기'를 위한 지침을 알려주고 싶으신지요?

"내 책은 막 창조되려고 부단히 움직이는
세계를 겨냥한 미완성의 책이거든요."

**뒤라스**　중단하지 말고 읽으라고요. 기존의 독서에 비해 건너뛰는 독서, 기분에 따라 건너뛰는 독서일지라도 끝까지. 내 책은 발자크의 책들 같은 전통적인 소설의 선형성에서 벗어난 열린 책, 요컨대 막 창조되려고 부단히 움직이는 세계를 겨냥한 미완성의 책이거든요.

**토레**　사람들에게 어떤 구체적인 독서 예시를 제시하고 가르치는 방법이 있을 수 있다고는 생각지 않으세요?

**뒤라스**　제일 좋은 건, 어떤 과정이 절로 이루어지도록 내버려두는 걸 거예요.

**토레**　혹시 지난 몇 년 동안 선생님과 독자들 사이에 오해가 있었다고 생각하시는지요?

뒤라스 만일 그렇다면, 문학적인 것보다는 가치관과 관련이 있어요. 『연인』의 경우를 예로 들어볼까요. 내가 정말 놀라운 건, 수많은 어머니들이 백인 소녀의 삶을 비상식적이라고 생각했다는 거예요.

토레 최근작들의 첫 몇 페이지들이나 표지 뒷면에 일러두는 글들—텍스트 자체에 대한 일종의 변호—로 판단컨대, 선생님께서도 어쨌든 독자들의 많은 주의가 필요하신 건 아닌지요?

뒤라스 사람들이 내 책을 마뜩지 않아 할 거라는 강박이 있어요. 그렇지 않다는 걸 알게 되면 안심하면서 더는 거기에 대해 생각하지 않지만, 비난을 잊기란 어려운 일이죠. 1964년에 『롤베 스타인의 환희』가 혹평을 받은 적이 있고, 그 뒤로 몇 년이 흘렀지만 그 신문이—어딘지는 밝히지 않을게요—원고 청탁을 했을 때, 그때 생각이 지워지질 않았죠.

토레 『파괴하라, 그녀는 말한다』나 〈나탈리 그랑제〉에서도, 등장인물들이 책을 찢어버릴 수 있다고 말하는—심지어 과장이 없진 않지만 적극적으로 부추기기까지 하는—장면이 나와요.

뒤라스      지식을 쇄신하기 위해서는 먼저 파괴하고 해방시키는 게 필수적이라고 생각했거든요. 지금은 책을 엄청나게 많이 읽고 난 다음에야 비로소 찢을 수 있다고 생각해요. 그러고 난 다음엔 바로 그것들을 쌓아두고요.

"거장들의 매일의 기록은
모든 삶과 시대를 요약하죠."

토레      선생님은요, 선생님은 어떻게 읽으세요?

뒤라스      난 밤에 읽어요. 새벽 세 시나 네 시 반까지. 나를 둘러싼 어둠, 암흑이 책과 나 사이에 형성되는 절대적인 열정에 많은 걸 보태죠. 그렇지 않나요? 대낮의 환한 빛은 밀도를 떨어뜨린다고 할까요.

토레      주로 어떤 책들을 읽으세요?

뒤라스      『클레브 공작부인』을 다시 손에 들었어요. 늘 너무 빨리 읽히죠. 내가 쓰고 싶은, 매우 아름다운 책이에요. 결코 서로 만나는 일 없이 엇갈리는, 감정이 극에 달한 시선들의 게임 속에, 결코 진정으로 말하는 일 없이 주고받는 대화 속에, 그리고 실은 말로 할 수 없는 깊은 진실을 숨긴 그 끝없는 침묵 속에, 이 책의 현대성이 있죠.

다음으로는 당연히 늘 곁에 두는 책들이 있어요. 『모비딕』이라든가 『특성 없는 남자』, 『성경』 같은. 현재는 장자크 루소의 『고백』과 쥘 르나르의 『일기』를 읽고 있고요. 거장들의 매일의 기록은 모든 삶과 시대를 요약하며 우리에게 글의 서술적 구조가 어떤 형태이든 놀랍고도 혼란스러운 독서 경험을 제공하죠.

반면에 프랑스 문학의 지난 유산인 에세이는 자크 르 고프나 조르주 뒤비 같은 대단한 역사학자들의 업적에도 불구하고, '무지나 의혹' 같은 개념을 그들의 책에 대해서도 곱씹게 할 뿐, 전혀 창조적이지 않아요. 그 책들은 더는 어디로도 나아가지 못하죠.

# 인물 묘사에 대하여

"인간 존재는 그저 단절된 충동들의
한 묶음일 뿐이에요.
문학은 그 상태 그대로를 복원해야 하죠."

토레 | 마르그리트 유르스나르에 따르면 존재(등장인물) 속으로
가장 깊숙이 들어가는 방법은 "(인물이) 이런저런 상황에
서 할 수 있을 법한 말을 듣기 위해 내적으로 침묵하고,
들으려고 노력하는 거예요. (……) 거기에 절대 자신의 생
각을 섞거나 혹은 제 살을 나눠 키우듯, 다시 말해 분신
처럼, 무의식적으로 자신을 자양분 삼아 인물들을 키우지
않아야 해요. 자신의 개성, 즉 우리를 형성하는 그 일상적
습관들로 인물들을 키우는 건, 전혀 다른 문제죠."* 선생
님은 선생님의 소설과 영화 세계에 반복적으로 등장하는

●　『열린 눈』에서.

인물들을 구축하기 위해 어떤 방법을 사용하시나요?

뒤라스    이미지의 형태는 서서히 드러나요. 마치 빛바랜 사진에서 군데군데 살아남은 디테일들을 통해 관찰과 상상력으로 전체를 복원하듯. 그건 전혀 온전한 형태가 아니에요. 내가 가까스로 떠올린 인물의 표정이라든가 조각난 소소한 단서들, 혹은 인물을 특징짓는 단순한 제스처 같은 거죠, 입체파 화가들처럼.

토레     선생님의 인물들은 유형학, 혹은 객관적 묘사에서 벗어납니다. 일체의 현실이나 우연성, 정의定義에서 벗어나 있죠. 수수께끼처럼 알 수 없으며, 광기와 정상상태 사이, 비명과 침묵 사이에 정지해 있어요. 대개 픽션의 전통적인 작동 원리라 할 만한 개연성 없이 느닷없는 방식으로 무대에 등장하고요.
        또 예식, 어떤 의식이 인물들의 모든 행동과 끊임없이 이어지는 말들을 지배해요. 그럼에도 어쨌든 인물 자체를 특징짓는, 심리묘사의 틀 안에서 이루어지는 정의는 부재하고요.

뒤라스    발자크 소설 같은 전통적인 소설의 주인공은 화자에 의해 미리 설계되어 부여된 매끄럽고 녹슬지 않는 정체성이 있죠. 하지만 인간 존재는 그저 단절된 충동들의 한 묶음일 뿐이에요. 문학은 그 상태 그대로를 복원해야 하죠.

토레      선생님의 작업은 인물의 특징을 점진적으로 발전시키기 보다는 해체하기에 기반하고 있어요.

뒤라스      난 인물이 구축되고 해체되는 그 미완의 단계를 포착해요. 내가 관심 있는 건 말과 행동 사이에서 움푹해지는 메우기 불가능한 간격, 균열, 말한 것과 침묵한 것 사이의 잔재를 연구하는 거예요.

토레      대화 또는 대사에는 다른 어떤 묘사보다도 인물의 특성이 드러나죠. 인물의 본질과 의식의 흐름에 앞서, 우리가 인물의 말과 소소한 행동으로만 추론하는 존재의 이미지랄까요. 인물의 내적 긴급성은 드러나지도, 분석되지도 않아요.

"여성들은 외부를 향해 완전히 열려 있고
삶과 넘치는 열정적 힘의 진정한 소유자예요."

뒤라스      피상적인 심리학을 포기함으로써 독자가 대개 그러하듯, 인물들에게 절대 감정이입 하지 않도록 하려는 거죠. 내 소설 속 인물들의 말은—아마 세상 모든 이들의 말처럼—본질을 드러내기보다는 은폐해요. 그들이 생각하고 말하려는 모든 것은 그들의 진짜 목소리를 가리려는 시도일 뿐이죠.

토레    남성 인물들이 대개의 경우, 나약하고 불확실한 인물의 양상을 구현한다면—라호르의 부영사, 조 선생, 자크 홀드, 쇼뱅, 마이클 리처드슨, 『길가의 작은 공원』의 세일즈맨이 떠오르네요—, 여성 인물들에게는 감정을 완전히 표현해야만 하는 절체절명의 필요성과 힘을 부여하시는데요.

뒤라스   네, 여성들은 외부를 향해 완전히 열려 있고 삶과 넘치는 열정적 힘의 진정한 소유자예요. 그래서 나는 여성이 미래와 쇄신되는 삶의 형태를 더 잘 투영한다고 생각해요. 『죽음의 병』이나 『파란 눈 검은 머리』, 『에밀리 엘의 사랑』의 말 없는 여주인공들처럼. 남성은 빠져나오지 못하는 과거와, 원하지만 절망적으로 충족시키지 못하는 욕망 속에 화석화되어 있죠.
반면에 내 영화나 책의 모든 여주인공들은 라신 희곡의 여주인공들인 앙드로마크, 페드르, 베레니스의 자매들이에요. 그들을 잠식한 나머지 신성화되는 사랑의 순교 말이에요.

토레 선생님의 작품들을 가득 채우는 남성과 여성 무리는 각기
정도는 다르지만, 인간 일반의 전형에서 벗어난 듯 보여
요. 안 마리 스트레테르와 롤 베 스타인은 여성의 기원을
대표하고, 라호르의 부영사는 남성의 기원을 대표하죠.

뒤라스 롤은 영원한 욕망으로 거꾸러진 여성의 상징이에요. 경험
과 기억의 산더미에 깔려 철저히 기진한. S. 탈라의 무도
회 사건 이후로 계속해서 살아가지만 낯선 존재의 외피
를 걸쳤을 뿐인, 오직 육체나 동물적 본능과만 결부된 존
재를 이끌어가는 거죠. 롤에게는 고통을 억누르고 숨기는
게, 일종의 새 자아를 얻는 일이에요, 매일 모든 걸 처음
인 듯 기억해내려 할 정도로.
안 마리 스트레테르는, 내가 정말이지 본격적으로 그녀에
대해 쓰기 시작한 것 같아요. 내가 쓴 것이, 어느 날 이 여
인의 거의 죽어 있는 듯한 나른함에 매혹된 감정을 끊임
없이 쓰고 또 쓴 것 같다고 할까요. 그녀가 도착하는 걸
처음 보았던 순간이 기억나요. 베트남의 프랑스대사 부인
이었어요. 커다란 검은색 차에서 내렸는데, 목이 깊게 팬
드레스가 하얗고 호리호리한 몸을 드러냈고 헤어스타일
은 프랑스식이었죠. 하늘거리며, 느릿느릿 길을 걸어오는
그녀의 모습에서 눈을 뗄 수 없었어요. 그 뒤로 그녀를 관
찰하는 걸 멈출 수 없었죠. 해가 떨어지고 더위가 한풀 꺾

여야만 집 밖으로 나오는 그녀를 지켜봤어요. 나로서는 닿을 수 없는 아름다움이었죠.

그러던 어느 날, 그녀의 젊은 연인이었던 남자가 라오스의 루앙프라방에서 그녀에 대한 사랑 때문에 자살했다는 소식이 들려왔고, 엄청나게 혼란스러웠어요. 그때부터 한 가정의 어머니이자 간통자인 그녀는 내 비밀, 완전히 미쳐버린 내 어머니와는 전혀 다른 여성이자 모성의 전형이 되었죠.

반면에 『부영사』의 부영사한테는─게다가 『연인』의 중국인부터 『죽음의 병』의 남자에 이르기까지 내 책에 등장하는 무수한 다른 남자들처럼─자신과 사회에 대한 철저한 거부에서 정확히 비롯된 고통과, 너무 강한 나약함과, 삶을 지속할 수 없다는 감각이 있어요. 적어도 청소년이었던 나의 시선으로 이해한 바는 그래요. 안 마리 스트레테르와 부영사 사이의 불가능한 사랑 이야기는 그때부터, 절대적인 사랑과 식민화된 인도에 대한 무조건적인 사랑을 대표하게 됐죠.

**토레**   뒤라스의 세계는 정체돼 있고 숨이 막혀요. 독자는 감금된 장소에서 빠져나갈 힘도 없다고 느끼죠. 『타키니아의 작은 말들』의 산과 바다에 면한 막다른 길, 『태평양을 막는 제방』과 『파괴하라, 그녀는 말한다』의 풀숲, 그리고 연인들이 서로를 욕망하는 선생님의 수많은 소설 속의 빈 방들을 떠올리는 것만으로도 충분해요.

## "외부는 오직 내 인물들의 의식에 영향을 미칠 때만 관심이 있어요."

뒤라스　　내가 이야기하는 인간들은 우리가 사는 세상을 잘 못 견뎌요. 『파괴하라, 그녀는 말한다』의 알리사나 다른 모든 인물들처럼, 극단적인 제스처를 보이거나 나아가 아예 포기하는 것으로 자신을 마비시키는 신경증을 가까스로 극복해나가죠. 그들의 행위가 벌어지는 장소에는 그들 자체인 이 공황이 투영되고요.

토레　　인물의 황폐한 의식과 거리가 먼, 외부에서는 아무 일도 일어나지 않아요. 그들의 침묵과 그들이 내뱉는 알쏭달쏭한 말들만이 관련이 있는 듯 보이죠.
외부 묘사는 몇몇 이국적인 풍광(선생님의 초기 소설들의 배경인 인도차이나)이나 희미한 역사적 맥락(『태평양을 막는 제방』에 나타나는 식민지 문제)을 제외하고는, 암시적으로 어렴풋하게 이루어질 뿐이죠.

뒤라스　　외부는 오직 내 인물들의 의식에 영향을 미칠 때만 관심

이 있어요. 모든 사건은 복구될 수 없도록 치명적으로,
'나'의 숨 막히는 소우주 안에서 일어나요.

# 영화

"뉴스나 예능프로그램이나 스포츠 경기를 보는 건,
우리 시대의 어떤 부분들과 거리를 무너뜨리고
타인들 속에 머무는 방법이에요."

토레        극장엔 자주 가시나요?

뒤라스     더 이상 많이 안 가요. 얀과 함께 비디오로 본 영화들 중
            에서 인상적이었던 게 전혀 없어요. 삶을 뒤흔들 만한 무
            언가가 전혀. 훌륭한 영화감독들이나 뛰어난 스태프들은
            제법 볼 수 있지만, 틀릴 것을 각오하고 새로운 언어를 창
            조할 수 있는 사람은 없죠.

토레        선생님께서 말씀하셨듯이 "사람들이 혼자라는 기분을 덜
            느끼기 위해, 그저 들려주는 이야기를 듣기 위해 극장에

간다"면, 텔레비전에 의존하는 것에 대해서는 어떻게 생각하세요?

뒤라스　텔레비전은 필수적이에요. 나처럼 매일, 실속 없는 수다에 평면적인 현실이라는 걸 염두에 두고서, 주의 깊게 시청해야 하죠. 뉴스나 예능프로그램이나 스포츠 경기를 보는 건, 텔레비전 없이는 절대 알지 못할 우리 시대의 어떤 부분들과 거리를 무너뜨리고 타인들 속에 머무는 방법이에요. 물론 수동적인 시청자들도 존재하죠. 읽고 말하려는 노력 없이 그저 화면을 쳐다보기만 하는.
반면에 파리에서 친구들과 만날 약속을 할 때는 적어도 일주일 전에 날을 잡거든요. 밤에는 전화밖에 소통 수단이 없죠.

토레　선생님 댁에는 텔레비전이 거의 매일 켜져 있어요. 얀과 선생님이 스포츠 중계방송을 보시는 거죠, 그렇죠?

뒤라스　1985년 5월에 벨기에의 헤이젤에서 유혈 난동*이 일어났을 때, 텔레비전 앞에 있었어요. 모든 걸 생방송으로 똑똑

---

* 1985년 5월 29일, 헤이젤에서 열린 유러피언컵 결승전에서 이탈리아 유벤투스 팬들과 잉글랜드 리버풀 훌리건들 사이에 난동이 벌어져, 39명이 사망하고 600명 남짓이 부상을 입었다. 뒤라스뿐만 아니라 유럽 전체가 이 야만적인 참극을 생방송으로 지켜보았다.

히 보았죠. 화면에 흐르는 그 충동의 소용돌이 앞에서 미쳐버리는 줄 알았어요. 나는 거기 있었지만, 아무짝에도 쓸모없었죠. 나는 비명을 지르기 시작했어요.

토레   2년 전, 선생님이 유벤투스의 미셸 플라티니를 만나 〈리베라시옹〉(1987년 12월 14일과 15일 자)의 스포츠 면에 그와의 인터뷰를 실은 것이 프랑스에서 크게 화제가 된 적이 있어요.•

뒤라스   몇 년 전부터 플라티니의 모든 경기를 지켜봐왔어요. 그가 좋았고, 감탄스러웠죠. 축구엔 이런 힘이 있는 것 같아요. 바로 선수한테서—어쩌면 관중한테서도—인간의 강

그로부터 9년 뒤, 이 축구선수는 같은 신문인 〈리베라시옹〉에 그때의 소회를 이야기한다. "그 인터뷰는 완전히 비현실적이었어요. 아니면 초현실적이었거나. 내가 마르그리트 뒤라스가 누구인지 전혀 몰랐고, 그의 지적 명성을 의식하지 못했다는 점에서요. 네, 난 아무렇지도 않았어요. 내가 전혀 모르거나 거의 모르는 문학계에서 이 인물이 어느 정도로 중요한 사람인지 도통 감이 없었으니까. 반면 인터뷰 자체는 무척 흥미로웠어요. 축구 이외의 분야 사람들을 만나는 건 무척 즐거운 일이었거든요. 뒤라스한테는 내가 많이 가르쳐줬어요. 축구장에 한 번도 가본 적 없는 사람이라는 걸 확신했으니까. 그 인터뷰에서 기억에 남는 건, 축구선수로서 나에 대한 뒤라스의 접근법이에요. 뒤라스의 입에서 앙젤리즘(천사화, 순결주의)이란 단어가 연신 튀어나왔죠. 축구선수들을 지칭하기 위해 '앙젤롬므(앤젤맨)'라는 신조어까지 만들어낼 정도였어요. 나를 '앙주블루(블루앤젤)'라며…… 굉장히 재미있고, 신선했죠. 스포츠를 바라보는 완전히 다른 방식이었으니까. 뒤라스가 축구장 분위기, 축구공과 인간의 관계, 내 가족에 대해 많은 얘기를 했고, 질문들은 대개 감동적이었어요. 이탈리아에서 뛰었을 때도 많은 작가들이 나에 대해 장문의 기사나 칼럼을 쓰긴 했어요. 하지만 다들 기본적으로 축구에 관심이 있는 지식인들이었죠. 뒤라스처럼 축구에 문외한인 작가와 인터뷰해본 적은 단 한 번도 없었어요."

렬한 감정을 이끌어내는 힘이요. 다소 어린애 같은 그 인간의 진실에 지금도 여전히, 가슴이 뭉클해져요.

"처음부터 바로 '뒤라스 영화'를 규정하고 싶었죠.
어떤 것도 두려워하지 않는 나만의 언어."

**토레**   이제 선생님의 영화에 대한 이야기로 돌아올게요. 1966년 작인 〈라 뮈지카〉가 선생님의 첫 영화예요.* 영화감독 데뷔에 얽힌 기억은 어떤 게 있는지요?

**뒤라스**   처음부터 바로 '뒤라스 영화'를 규정하고 싶었죠. 어떤 것도 두려워하지 않는 나만의 언어. 내게 어떤 영화적 스승도 갖다 붙이지 못할 나만의 영화.

**토레**   새로운 영화의 가능성을 믿으신 건가요?

**뒤라스**   다른 영화를 말하는 거라면, 네, 맞아요. 아직 탐구 방법이 부분적으로 남은 것 같았다고 할까요.

**토레**   글로 이야기한 것들을 필름으로 옮기시면서 첫 번째로 고

---

*   폴 스방과 공동으로 연출했다. 엄밀한 의미에서 뒤라스의 첫 영화는 1969년 작인 〈파괴하라, 그녀는 말한다〉이다.

〈라 뮈지카〉 연출 무렵, 배우 로베르 오셍과 함께, 1966년

민하신 점은 무엇인가요?

뒤라스  침묵을 재현하고 싶었어요. 살아 있는, 풍성한 침묵. 마치 들을 수 있는 무엇처럼 말이에요.

토레  몇 년 전에 영화에 대해 쓰신 글이 있는데, 지금도 같은 생각이신지요? "나는 시간을 보내기 위해 영화를 만든다. 만일 내게 아무것도 하지 않을 힘이 있었다면, 아무것도 하지 않았을 것이다. 나는 아무것도 하지 않을 힘이 없기 때문에 영화를 만드는 것이다. 다른 어떤 이유도 없다. 거기에 내 모든 작업에 관한 궁극의 진실이 있다."[*]

뒤라스  네.

토레  거의 스무 편에 달하는 영화와 수많은 소설을 발표하셨어요. 작가로서 활동하는 것과 영화감독으로서 활동하는 것 사이에는 어떤 차이점이 있나요?

뒤라스  영화는 그 '외부적' 특성—공동 작업, 타인과 함께 소비하는 방식—때문에 글이 갖고 있는 강박과 절박함을 띠지 않아요. 영화가 작가를 작품에서 멀어지게 한다면, 침묵

[*] 「〈인디아 송〉에 관한 노트」에서.

과 부재로 이루어진 글은 어쩔 수 없이 다시 작가를 내면 속으로 내동댕이친다고 할까요. 작가만큼 혼자인 사람은 세상에 아무도 없어요.

간혹 이 끔찍하고, 한량없고, 불행한 작업에서 벗어나기 위해 영화를 만들기도 하죠. 하지만 내게 글을 쓰고 싶은 욕구는 늘 세상 무엇보다 강해요.

"영화가 작가를 작품에서 멀어지게 한다면, 글은 어쩔 수 없이 다시 작가를 내면 속으로 내동댕이친다고 할까요."

토레   선생님의 텍스트를 '끝나지 않는 텍스트', 요컨대 텍스트 자체와 선생님의 기억에 의해 증식하고 자체적 맥락으로 넘쳐나는 텍스트로 읽어도 될지요. 달리 말하면 책장에서 필름으로 넘어가면서 읽는 거죠.

뒤라스   내가 쓴 글에 이미 이미지까지 내포돼 있는 것 같다고 할까요. 그걸 필름에 담는 건, 이야기를 이어나가고 확장하는 거죠. 영상 위에 계속해서 써나간다고 할 수 있어요. 텍스트의 오라aura를 배반하기보다는, 의미를 고쳐시키고 모든 구체적인 현존성을 발견하게 하는 문제인 거예요.

토레    선생님의 영화작업을 어떻게 특징지을 수 있을까요?

뒤라스   전통적인 영화로 재현된 현실은 나와는 아무 관계가 없어
        요. 모든 것이 너무 **말해지고**, 너무 드러났죠. 의미의 과잉
        은 역설적으로, 맥락을 빈약하게 만들어요.
        내 영화는 허구의 개연성을 높이기 위한 기능적이고 유기
        적인 장치가 없는 것을 위장하지도, 숨기지도 않죠. 내 영
        화는 그보다는 파기, 정보와의 끊임없는 편차, 격차, 해체
        로 이루어졌어요. 균일하지도 않고 돌이킬 수도 없는 삶
        을 평탄하고 마음대로 되돌릴 수 있는 것으로 만드는 그
        모든 상상적인 것이 없죠.
        『특성 없는 남자』에 내가 말한 것의 의미를 요약하는 대목
        이 있어요. "(……) 그는 우리가 삶이 과중한 업무로 버거울
        때 열망하는 이 삶의 방식, 우리가 꿈꾸는 단순함이 전통적
        인 서사 방식에 다름 아니라는 것을 깨달았다! 다음과 같이
        말하는 것이 허용되는 단순한 순서 말이다. '이런 일이 지나
        가니, 저런 일이 발생했다!' 그것은 수학자처럼 말하자면 우
        리를 안심시키는 1차원적 형태 속에서 이어지는, 다양한 삶
        의 고통의 재현이요, 순전하고 단순한 승계이다. 흐름을 따
        라 시간과 공간 속에서 발생하는 모든 것의 정렬. 누구나 떠
        드는 이 유명한 '이야기의 흐름'은 결국 삶의 흐름과 혼동된
        다. '그러고 나니', '이전에는', '이후에는'이라고 말할 수 있

는 사람은 행복한 것이다! (……) 울리히는 자신이 우리의 공적인 삶에서는 모든 것이 이미 서사를 벗어나 흐름에서 멀어지며 교묘하게 뒤섞인 형태로 펼쳐지는 것에도 불구하고, 사적인 삶에서는 여전히 고수되는 이 기본적인 서사의 의미를 상실했음을 인식했다."

토레    선생님의 영화는 과도하게 문학적이라는 비판을 받고 있어요. 시퀀스마다 지나치게 느린 불확정성을 허용하는 영화라고요.

"내가 필름에 복원하려는 내적 시간은
'서술적' 시간과 아무 관련이 없어요."

뒤라스   내가 필름에 복원하려는 내적 시간은 영화에서 통상 이야기되는 '서술적' 시간과 아무 관련이 없어요.

토레    과도한 롱테이크, 파노라마, 암전, 정지된 장면들의 연속 등 카메라의 부동성으로 정의되는 선생님의 영화에 대해 '논시네마non-cinéma', 혹은 '안티시네마anti-cinéma'라는 말들을 하는데요.

뒤라스   장면의 부동성은 겉으로만 그렇게 보이는 것일 뿐이에요.

평평한 해수면 밑에서 일어나는 소용돌이나 침묵 뒤에 숨겨진 중얼거림 같다고 할까요. 영화는 움직임이라고들 하죠. 좋아요, 하지만 어떤 말들, 시선들, 침묵들은 화면 속에서 싸우거나 걷고 있는 두 사람만큼이나 활발히 움직이고 있어요.

**토레**     선생님께 '진짜' 영화란 무엇인가요?

**뒤라스**     영화의 본질은 고전적인 형태, 소박하고 기본적인 형태에 있다고 생각해요. 내가 영화의 표현을 제로 수준으로, 거의 원형에 가까운 상태로 돌려놓으려는 것도 바로 그 이유 때문이죠. 암시하되, 규정하지 않기. 영화를 빈약하게 만들지 않으면서, 뤼미에르 형제나 마르셀 레르비에 시대에 무성영화로 이미 획득한 일부 예술적 성취와 비슷해지려는 거예요.

예컨대 영화의 여명기에 흑백영화엔 컬러 영화가 절대 가질 수 없는 강렬함이 있었어요. 칼 드레이어나 프리드리히 빌헬름 무르나우의 영화들을 보세요.

난 그 하얀색을, 그 극적인 콘트라스트를 되찾고 싶었어요. 컬러는 현실의 어떤 면들을 특징지을 때 이용하려 했죠. 관객을 장악하려는 의도로 현실을 미화하기 위해서가 아니라.

토레 선생님은 늘 '가난한' 영화를 만들어오셨어요. 혹시 더 많은 예산을 얻을 수 있었다면 영화가 달라졌을까요?

뒤라스 아니요, 빈약한 예산―〈트럭〉은 프랑으로 1천3백만이었고, 〈캘커타 사막의 베니스라는 그의 이름〉은 1천7백만*이었죠―은 내가 묘사하는 현실의 특성에 부합해요. 피폐하고 들쭉날쭉한 현실 말이에요. 영화의 아름다움은 또한 제한된 예산과, 내가 촬영 기간으로 두는 극히 짧은 시간(가끔 단 여드레 만에 찍기도 하죠)에 있다는 게 내 생각이에요.

토레 그러니까 책의 경우처럼 영화에서도 선생님의 작업 목표는 서술의 재료들을 쳐내고 제거하는 것이군요.

"영화가 킬링 타임용 오락인 사람들에게,
나는 도저히 가닿을 수 없을 거예요."

뒤라스 과잉된 것들을 제거할 뿐이에요. 영화를 현실로 보이게 하는 환상을 불어넣고 영화 전체에 이 '자연스러움'을 부여하기 위해 각기 다른 시퀀스들을 연결할 때 쓰이는, 영화에서 통상 '사건의 연결고리'라고 부르는 것들 말이에요.
반면에 관객들에게 통일성을 위해 이제껏 제시된 것들을

* 우리 돈 약 2억 7천만 원.―옮긴이 주

종합해보지 않을 수 없게 만들면서, 영화를 소화할 준비를 시키듯, 꾸준히 관객의 의식을 자극하려 했죠.

토레      어떤 종류의 관객들을 대상으로 하신 건가요?

뒤라스      내 영화를 좋아한 저 1만 5천 명의 관객들이요. 영화가 킬링 타임용에 자신을 잊고 몰입하기 위한 오락인 사람들에게, 나는 도저히 가닿을 수 없을 거예요. 그런 '어린이 같은 관객'을 위한 영역은 확실히 따로 존재하죠.

토레      선생님의 영화가 상영되는 동안, 많은 관객들이 참지 못하는 장면을 선생님께서도 직접 참관하셨는데요. 그렇게 인기가 없는 것에 부담을 느끼시는지요?•

뒤라스      20년 전에 나온 〈파괴하라, 그녀는 말한다〉는 다수의 공감대라는 것이 나와는 관련이 없다는 걸 깨닫게 된 첫 영화예요. 제작자들은 내가 또다시 모험에 뛰어드는 걸 말리고 싶어 했죠. "당신이 뭘 하는지 아는 게 확실해?" 이렇게 물으면서요. 날 작가로서 좋아하는 많은 친구들도

---

•      책에 비해 뒤라스의 어떤 영화도 흥행에 성공하지 못했다. 영화 판권 인수자가 없자 아들인 장 마스콜로가 11편의 장편을 구입했고, 제라르 드파르디외가 자신이 출연한 〈트럭〉을 다시 사들였다.

내 영화를 못 견뎌했어요. 대체 네가 왜 영화를 만들어야 하느냐고 물었죠.

난 대답조차 하지 않았어요. 굳이 그럴 필요가 없다는 걸 알면서도 무언가를 할 수도 있다는 걸 사람들은 이해하지 못해요.

언론은 날 무시한 반면, 학생들은 계속해서 내 영화에 대해 논문을 쓰고 있어요.

**토레**    가장 최근에 발표하신 두 소설 『고통』과 『파란 눈 검은 머리』의 표지 뒷면을 보면, 작가의 말을 통해 독자들에게 절대적 진실의 이름으로 텍스트를 읽을 것을 권하세요. 반면에 논란이 된 영화 〈대서양의 남자L'Homme Atlantique〉 개봉에 맞춰 〈르몽드〉에 기고한 칼럼에서는 관객들이 영화를 보러 가는 걸 극구 말리시죠. 무조건적이고 절대적인 참여, 즉 선생님의 작업에 대한 일종의 헌신과 믿음을, 선동적인 방식으로 요구하시는 거예요.

**뒤라스**    진심으로 사람들이 그 영화를 보러 가는 걸 말리고 싶었어요. 그럴 필요가 없었으니까. 지루해서 죽으려고 할 테니까. 영화가 상영되는 거의 모든 시간(러닝타임 45분 중의 30분) 동안 화면이 시커멓잖아요.

"카메라는 인물들을 따라다니기 위해 있는 거예요,
그들을 대신하기 위해서가 아니라."

토레     카메라는 어떻게 활용하시나요?

뒤라스   외부로 향하는 실제 내 눈처럼요. 극히 미세한 움직임조
         차 놓치지 않죠. 전지전능한 전통적인 소설가의 역할을
         거부했던 것과 마찬가지로, 위에서 내려다보며 서사를 지
         배하고 장악하고 객관화하는 카메라의 침입을 거부하는
         거예요. 카메라는 사건의 다원성에 중점을 둘 수 있도록
         유연해야 하죠. 등장인물들의 시선처럼 드러나지 않게 움
         직이며, 다양하고 호환 가능한 역할을 수행해야 해요. 카
         메라는 인물들을 따라다니기 위해 있는 거예요, 그들을
         대신하기 위해서가 아니라.

토레     편집 단계에서 선생님은 어떤 역할을 하나요?

뒤라스   본질적인 역할을 하죠. 컴컴한 방의 고독과 침묵 속에서,
         느린 고통 속에서, 필름을 자르고 이어 붙이는 건, 글쓰기
         과정과 흡사해요. 의식을 치르는 기분마저 들죠. 책과 마
         찬가지로 영화에서도 핵심적인 건, 지우기예요. 적게 촬
         영하기, 꼭 필요한 것 외엔 아무것도 담지 말기. 관객에게

시각적으로는 최소한의 것을 제공하면서 보다 많은 것을 이해하게 하기, 듣게 하기.

토레     듣게 한다고요?

뒤라스   영화를 찍으며 때로 배우들이 얘기하고 있는 내용보다 더 중요한 건 그들의 음색이라는 걸 깨달아요.

토레     선생님이 직접 녹음하신 보이스오버를 영화의 사운드트 랙에 삽입하기도 하셨죠.

뒤라스   내 영화의 대부분을 촬영한 브뤼노 뉘텐이 내 목소리가 낮게 깔린 저음이라서 매우 아름답다고 지지해줬어요.

토레     1978~1979년 사이에 발표된 단편영화들 〈케사리아Césarée〉, 〈부정적인 손Les Mains Négatives〉, 〈오렐리아 슈타이너Aurelia Steiner(멜버른)〉, 〈오렐리아 슈타이너(밴쿠버)〉에는, 선생님이 직접 읽는 텍스트가 실외에서 촬영한 쇼트들 위에 얹히는 데, 설명과 이미지가 종종 일치하지 않아요.
         선생님의 영화에서는 이미지와 텍스트의 괴리—해체라 고 하지는 않을게요—를 흔히 볼 수 있어요. 쇼트, 배경, 앵글이 끊임없이 빗나가죠. 영화의 시각적 이미지들이 대화나 독백을 보충하는 대신, 또 다른 의미를 환기해요. 말 자체가 설명이나 해석의 기능을 완전히 상실하는 거죠.

뒤라스　마치 목소리가 화면의 내용을 모르는 것 같다고 할까요. 따라서 이야기는 결코 즉각적이거나 직접적이지 않고, 그 걸 재구성하는 건 관객의 몫으로 돌아가요.
전통적인 서사 방식에서는 허용되기 힘든 이러한 통사적 불연속성—현재에서 가정법으로, 과거로—이 풍부한 시나리오는 정확히, 이 거리감을 강조하죠.

토레　〈트럭〉은 아마 선생님이 말씀하신 바를 가장 잘 보여주는 사례일 텐데요. 영화적 사건—제라르 드파르디외와 선생님이 읽는 것에 그치는 시나리오—이 허구에 허용된 모든 것으로부터 자유로운 채, 오직 말을 '보여'주는 지지대로서만 존재하고 특징지어져요.

뒤라스　처음엔 배우들에게 역할을 맡겨 연기하게 할 생각이었어요. 아마 여주인공으로 시몬느 시뇨레를 생각했을 거예요. 영 확신이 들지 않았죠. 어느 밤, 이걸 다 촬영을 하느니 차라리 영화로 찍었으면 펼쳐질 장면을 그냥 내가 읽어서 영화를 말로 전해야겠다고 결정한 거예요.

토레 〈대서양의 남자〉나 바로 이 〈트럭〉 같은 영화에서 암전을 사용하세요. 영화가 중단됨과 동시에 그때까지 이야기됐던 모든 것의 의미가 해체되죠.

뒤라스 이미지와 텍스트 간의 중복이 싫었어요. **검은** 부분들은 정확히 내가 글을 쓸 때 사용하는 **하얀** 공백 같은 거예요.

토레 초보 시네아스트들에게는 어떤 조언을 하시겠어요?

뒤라스 어떤 모델도 따르지 말고 자기의 길을 찾으라고요. 자신의 공포를 위장하는 데나 쓰일 뿐인 어떤 레퍼런스도 따르지 말라고요. 이탈리아—로마, 타오르미나—에서 여러 차례 영화제 심사위원을 했었어요. 영화계 사람들은 서로 만나는 게 중요해요. 영화제는 어쨌든 서로를 대면하고 서로에게 자극을 주는 재생의 기회죠. 고백하자면 감독 데뷔작들은 대개 지루해요. 개성은 스물일곱에서 여덟쯤은 되어야 비로소 드러나거든요. 오직 두 번째 영화부터 시네아스트가 될 수 있어요. 첫 영화는 누구나 만들 수 있죠.

토레 현대 프랑스 영화에 대해선 어떻게 생각하세요?

뒤라스 '새로운 프랑스 영화'에 대해선 독일 영화에 대해 말하듯 얘기할 수가 없네요. 혁신이 한풀 꺾인 일종의 신낭만주의가 지배한다고 할까요⋯⋯. 지난 세대의 영화감독들이 독서 취미를 잃은 건 아닌지 의심스러워요. 그들은 시나리오만을 읽죠, 혹여 책을 읽더라도 어쨌든 영화화될 수 있는 요소만 끄집어내는 피상적이고 축약된 독서이고요. 그 밖에는 장피에르 멜빌 스타일의 작가들이 있죠. 현재 유행하는 장르이고, 외국에서는 매우 프랑스적이라고 말하는. 외적으로 모든 것이 계산된 '룩look' 위주의 영화죠. 프랑스 영화는 나한테는 여전히 자크 타티의 환상적인 마임과 웃음이 터지는 유머, 그리고 로베르 브레송과 장뤼크 고다르로 남아 있어요. 고다르는 거장이죠. 우리는 심심치 않게 싸우긴 해도 친구예요. 서로를 존중하지만—내 생각에—매우 다르죠. 그래서 고다르의 〈할 수 있는 자가 구하라〉에 참여하기를 거절했고, 그가 원했던 〈고통〉 촬영도 허락하지 않았던 거예요. 〈고통〉은 내심 존 휴스턴이 감독하기를 바랐죠.

브레송과는 사실 누구보다도 더 같은 감정, 같은 밀도의 고통을 느껴요. 그의 영화는 볼 때마다 처음 보는 기분이죠. 장 르누아르는 내게 소중한 주제들—사랑, 인도—을 다루긴 해도 지나치게 감상적이다 싶고요.

토레        이탈리아 영화는요?

장뤼크 고다르와 티브이 시리즈물 〈오세아니크Océaniques〉 작업을 함께할
때의 모습, 1987년

"프랑스 영화는 나한테는 여전히 자크 타티의
환상적인 마임과 웃음이 터지는 유머,
그리고 로베르 브레송과 장뤼크 고다르로 남아 있어요."

뒤라스　　프랑스엔 아직도 로베르토 로셀리니식의 어떤 네오리얼
　　　　리즘 신화가 존재해요. 로셀리니는 거장이죠. 그렇다 쳐
　　　　요, 하지만 난 그 모든 열광에 절대 동의하지 않아요.
　　　　나로서는 그의 영화 중에선 아무도 언급하지 않는 〈루이
　　　　14세의 권력 쟁취〉가 맘에 들어요. 이 영화를 봤나요?

토레　　　미켈란젤로 안토니오니와 선생님의 영화 사이에 어떤 연
　　　　관성이 있다고 생각되는데요.

뒤라스　　〈정사〉의 첫 프레임들에 대해서는, 네, 동의해요.

토레　　　피에르 파올로 파졸리니의 작품은 아시는지요?

뒤라스　　파졸리니 영화는 그 신비주의의 오라와 인물들을 둘러싼
　　　　수사학이 늘 거슬렸어요. 〈살로 소돔의 120일〉은 정말이
　　　　지 불쾌하기 짝이 없죠. 이게 바로 내가 그의 책을 조금도
　　　　읽고 싶어 하지 않는 이유예요.

토레      좋아하시는 시네아스트들 얘기를 좀 더 해주세요.

뒤라스      영화 잡지 〈카이에 뒤 시네마〉 기자들과 인터뷰했을 때, 내가 드레이어의 숭고한 비극에 대해 품고 있는 사랑과 잉마르 베리만의 지적 유미주의에 대해 느끼는 거부감을 비교한 적이 있어요. 베리만의 모든 것이 '문화'에 대한 채워지지 않는 굶주림을 달래고 싶어 하는 미국인들을 겨냥한 원숭이 짓거리에 불과하죠.

내가 좋아하는 감독들은 한결같고, 앞으로도 그럴 거예요. 오즈 야스지로, 존 포드, 장 르누아르, 프리츠 랑. 그리고 채플린. 채플린의 천재성은 말을 하지 않고도 그토록 많은 걸 말할 수 있는 능력에 있어요. 그 눈동자의 움직임, 마임, 동작, 침묵. 우디 앨런의 지독하게 뉴요커적인 말에 대한 강박과 어찌나 비교되는지! 유성영화는 무성영화의 강렬함을 절대 따라잡지 못할 거예요.

토레      최근에 엘리아 카잔과 길게 대화하신 걸 읽었어요.<sup>•</sup>

뒤라스      그와 이야기하면서 우리가 어느 정도로 닮았는지 깨달았어요. 핵심만을 담은 다소 원초적인, 엄격하고 절제된 영

---

•      〈카이에 뒤 시네마〉 1980년 12월 호에 수록된 「떨고 있는 남자」. 1987년에 출간된 단행본 『초록 눈동자』에 다시 수록된다.

상에 대한 취향이 같더라고요.

카잔은 아마 나를 제외하면, 욕망을 표현하려고 시도한 유일한 시네아스트일 거예요. 본래 말로 표현할 수 없고 닿을 수도 없는 그 욕망의 속성을. 그가 남성이라는 사실 때문에 그의 작업은 한층 더 놀라운 것이 되었죠.

토레  영화에 관한 책도 내셨어요. 〈카이에 뒤 시네마〉의 인터 뷰를 엮은 『초록 눈동자Les Yeux Verts』요.

뒤라스  시작은 〈카이에 뒤 시네마〉와 진행한 인터뷰들이었어요. 그랬다가 잡지사에서 내가 적극적으로 개입하기를 원해 서 결국 내가 나에 대한 특집을 기획하게 됐죠.

토레  결과적으로 그 편이 더 빨랐어요, 아닌가요?

뒤라스  고다르의 아이디어였죠. 처음엔 잡지사에서 책을 많이 찍 지 않았어요. 팔리지 않을 거라고 생각한 거죠. 그런데 이 젠 문고판까지 나왔어요. 굉장히 잘 팔린다고 하더라고 요……. 나한테 와야 했을 돈은, 그들 말로는—진실이라 고 생각해요—잡지사 빚을 갚기에도 모자랐죠.

토레  선생님의 작업을 여성 영화로 분류할 수 있다고 생각하시나요?

"정치적인 의미는 다른 방법으로 성취되어야 해요.
프롤레타리아의 신화화나 수사학이 아니라."

뒤라스    내가 '여성' 영화를 찍은 거라면, 난 두 그룹, 여성과 영화
         모두를 배반한 게 될 거예요. 여성은 어쨌든 여성만이 가
         질 수 있는 특별한 시선이나 특별한 모순과 관련된 것을
         제외하고는, 본연의 여성스러움을 포기해야 하죠.
         난 그냥 작가이고 그뿐이에요. 주구장창 여성의 지위를
         강화하는 한편으로 배신하는, 그 돌아버릴 것 같은 역할
         의 무게를 극복해오고 있는.

토레     정치 영화의 역할을 믿으세요?

뒤라스    프로파간다 영화처럼 잘못 이용되면 위험한 도구가 될 수
         있어요. 메시지를 전달하고 퍼뜨리는 데는 책보다 영화가
         훨씬 쉽죠. 영상은 책이 반대하는 것을 단순화하거든요.
         내 모든 영화는 본래 정치적이지만 정치에 대해 이야기하
         지는 않아요. 주제를 발전시키지 않죠. 정치적인 의미는
         다른 방법으로 성취되어야 해요. 프롤레타리아의 신화화
         나 수사학이 아니라.

토레　1957년에 르네 클레망이 〈태평양을 막는 제방〉을 연출했고, 1960년에는 피터 브룩이 〈모데라토 칸타빌레〉를, 1966년에는 줄스 다신이 〈여름밤 열 시 반〉을, 1967년에는 토니 리차드슨이 〈지브롤터의 선원〉을 연출했어요. 그리고 1985년에는 페터 한트케가 『죽음의 병』을 영화화했고, 이어서 앙리 콜피가 연출한 〈그토록 오랜 부재Au Quel Vous Avez Collaboré〉의 시나리오 작업을 함께하셨어요. 알랭 레네의 〈히로시마 내 사랑〉은 당연히 빠뜨리지 말아야 하고요. 선생님의 소설이나 시나리오가 원작인 영화들에 대해 어떻게 생각하세요?

뒤라스　내가 영화를 만들게 된 건—레네를 제외하고—내 책을 바탕으로 만들어진 영화들이 마음에 들지 않았기 때문이에요. 그렇다면 어디 내가 할 수 있는지 보자, 라는 생각이 들었죠. 아무리 못 만들어도 그것들보다 못하진 않을 것 같았어요.

토레　그렇다면 감독들이 텍스트를 왜곡하거나 배반한 걸까요?

뒤라스　무엇보다 상투화했어요. 내 책들이 서사의 포화가 아니라 축약과 중단에 기반한 환기 또는 출발점이라는 걸 이해하지 못한 채, 익숙한 이야기의 형태로 재창조해버렸죠. 내 글의 여백들을 꽉꽉 채우려 한 거예요. 그런 식으로 말들이 결국 밀도를 상실하고 말았죠. 그들의 영상은 정확히 말들을 대체하고, 말들의 절제된 부분을 채우며 이야기를 보충하기 위해 존재했죠.

근 50년 이래로 영화가 말을 무서워하고 있어요.

토레      역설적으로 선생님을 대중에게 알린 영화는, 시나리오는 선생님이 쓰셨지만 연출은 다른 사람이 한 영화예요.

뒤라스      〈히로시마 내 사랑〉을 말하는 건가요? 어느 날, 레네가 전화를 했어요. 난 그가 내 시나리오로 영화를 찍으려는 줄도 몰랐죠.

어쨌든 내가 모든 디렉션과 아이디어를 줬고, 그는 날 따르고 보좌했어요. 고다르는 〈히로시마 내 사랑〉이 무엇보다 내 영화라는 걸—그건 바로 보이죠—처음으로 알아본 사람들 중 하나였어요.

토레      레네와는 오랜 기간 작업하셨나요?

뒤라스      내가 시나리오를 썼고, 레네가 그때그때 아이디어가 떠오르는 대로 다시 손봤어요. 레네는 아이디어를 얻으려고 일본까지 갔다 왔죠. 자료를 갖고 돌아온 그와 다시 작업

을 했고요.[*]

토레　　영화는 1959년에 촬영됐어요. 그렇게 가까이서 영화작업
　　　　에 참여하신 건 그때가 처음이죠?

"이미 말해진 이야기를 파괴함으로써만이
보다 강렬한 이야기를 창조할 수 있으니까요."

뒤라스　네, 난 아무것도 몰랐어요. 계약조항도, 수입의 몇 퍼센트
　　　　가 내게 저작권료로 돌아오는 건지도. 제작사한테 작가는
　　　　실상 아무것도 아니죠. 설사 언론에 언급되고 칭송받는다
　　　　해도 말이에요. 기껏해야 필름에 담기는 이야기의 단순한
　　　　서술자 취급을 받았거나.
　　　　난 많은 일을 했지만, 보수는 적었죠. 당시 프랑으로 150만[**]
　　　　이었어요. 나중에 더 받을 줄 알았는데 천만에, 그게 끝이었
　　　　죠. 몇 년 뒤에 레네한테 들으니 내가 받을 돈의 절반만 준 거
　　　　더라고요. 경험이 없으니 도둑을 맞은 거죠. 물론 아무도 날
　　　　돕지 않았고요.

[*]　　실제로 레네는 시나리오가 완성된 뒤 영화 촬영차 일본에 갔고, 촬영하는 동안 변경 사항
　　　이 있으면 뒤라스에게 문의했는데, 때로는 뒤라스의 동의 없이 촬영을 진행하기도 했다.
[**]　약 4천만 원.—옮긴이 주

토레　　선생님 영화 중에 매우 잘 알려진 또 다른 작품은 『부영사』가 원작인 〈인디아 송〉이에요. 재구성이 가능한 모든 걸 끌어다 넣었다고 직접 밝히셨어요.

뒤라스　네, 이미 말해진 이야기—안 마리 스트레테르와 부영사의 이야기—를 파괴함으로써만이 다른 이야기, 보다 강렬한, 뒤바뀐 이야기를 창조할 수 있으니까요. 이 거리를 둔 분열 위에서 영화 전체가 굴러가죠.

토레　　〈인디아 송〉 이후에 다른 영화, 〈캘커타 사막의 베니스라는 그의 이름〉을 연출하셨어요. 〈인디아 송〉과 똑같은 사운드트랙을 사용하셨을 뿐만 아니라, 다루는 계층과 분위기도 똑같아요. 어떤 생각이셨는지요?

뒤라스　그 몇 달 전부터 어떤 불만족스러운 기분에 사로잡혔어요. 〈인디아 송〉과 이야기가 끝나지 않은 기분, 다른 걸 말하고 싶은 욕구. 어쨌든 두 영화 모두 내가 시나리오를 쓰면서 머릿속에 상상했던 것이 영화로 완벽하게 구현됐어요. 인도 주재 프랑스대사관의 영락은 그 자체로 식민지의 종말이자 백인들의 절망, 사랑의 탈진, 황혼, 내가 아이였을 때 거리를 쏘다니며 느꼈던 죽음이죠.

토레　마지막 영화인 〈아이들Les Enfants〉은 1985년에 개봉됐어요. 피에르 아르디티, 앙드레 뒤솔리에, 악셀 보구슬랍스키가 출연했고요. 이후로는 더는 영화를 만들고 싶지 않다고 말씀하셨어요.

뒤라스　네, 사실이에요. 영화와는 끝을 냈죠. 어쨌든 그 모든 세월 동안, 영화를 만드느라 힘들었어요.

토레　〈아이들〉은 어른스런 아이인 에르네스토에 대한 이야기예요. 에르네스토는 어느 날 갑자기, 모르는 걸 배우기 싫다며 학교에 가기를 거부해요. 아이는 의무교육의 논리에 온 힘을 다해 맞서죠.

뒤라스　에르네스토의 광기는 획일화된 논리를 강요하는 세계 속에서 아이가 갈구하는 주체 불가능하고 극단적이며 혁명적인 그 자유 속에 있어요. 기존의 모든 가치를 거부하면서, 지식―그의 경우 교과과정―을 배척하고 파괴하면서 자기 안의 보편적인 순수성을 되찾는 거예요. 영화가 일종의 비극적인 코미디로 구축된 건 우연이 아니죠.

토레　영화를 촬영하며 아들 장 생각을 하셨다고요?

뒤라스 　 우타˙와 나 자신에 대해서요. 에르네스토는 '노'라고 말하는 법을 배운 거예요.

토레 　 배우들과의 관계는 어떠셨나요? 〈트럭〉의 제라르 드파르디외나 〈나탈리 그랑제〉의 잔 모로, 루시아 보세와 맺은 관계로 보건대, 매우 친밀하신 듯해요.

"배우 본연의 태도, 그들을 변화시키는
진짜 감동과 공포가 고스란히 드러나야 했어요."

뒤라스 　 정열적이기까지 하죠. 죽이 척척 맞거나 대립하기도 하는 관계예요. 우리는 모든 것에 대해 빈번히 대화를 나눴어요. 나는 배우들의 지적과 제안에 따라, 그들이 연기하는 인물에게 적응하면서 텍스트를 변경해야 하기도 했고요. 나한테는 인물의 태도가 일반적이지 않아야 하는 게 중요했죠. 배우 본연의 태도, 그들을 변화시키는 진짜 감동과 공포가 고스란히 드러나야 했어요. 그들이 내게 까다롭다고 말하면 화를 내기도 했죠.
　　　 얀과 뷜 오지에가 출연한 〈아가타와 끝없는 독서〉˙˙를 찍을 때는 심지어 얀에게 짜증을 쏟아내기도 했어요. 그가

〈아가타와 끝없는 독서〉 촬영 현장에서, 1981년 무렵

단순히 연기를 하는 게 아니라, 영화 속으로 들어가기를 원했거든요. 드파르디외와는 바로 죽이 맞았어요. 촬영 시작 전에 그에게 이렇게만 말했죠.

"대사의 의미에는 신경 쓰지 말고 네가 뱉어내는 말의 음색에 널 맡겨. 말의 음악, 네가 사용하는 어조만으로도 영화의 정체 상태를 깨기에 충분할 테니까."

〈트럭〉은 어려운 영화예요, 그럼에도 결코 지루하거나 고통스런 순간이 없죠. 드파르디외와 스태프들이 열광했어요.

토레 　　잔 모로부터 델핀 세리그, 빌 오지에, 마들렌 르노, 도미니크 상다, 이자벨 아자니, 카트린 셀레르를 거쳐 루시아 보세까지, 선생님은 여배우들과 특별한 관계를 맺고 있다고 밝히셨어요. 아닌 게 아니라 그들 중 다수와 친구가 되었죠.

뒤라스 　　마들렌 르노는 변함없이 가장 소중한 친구 중 한 명이에요. 우린 서둘러 무심하게 옷을 입는 것까지 닮았죠. 마들렌과는 연극 이야기를 하는 것도 좋지만, 난 그 이상으로 마들렌의 이야기를 듣는 게 즐거워요. 그 천진난만함과 '순진한' 단순성―사뮈엘 베케트가 언젠가 그게 바로 그녀의 천재성이라고 하더군요―을 좋아하죠. 마들렌에게는 지금까지도 무대에 입장하는 게 끔찍한 경험이라는 걸 알게 된 것도 좋고요.

토레       『사바나 베이』도 마들렌을 염두에 두고 쓰신 거예요?

뒤라스     마들렌이 〈숲속에서 보낸 나날들〉에서 우리 엄마 역을 연
          기한 방식은 지금까지도 잊을 수 없어요. 나더러 엄마 얘
          기를 해달라고 해서, 사진을 보여줬거든요. 충격적이었
          죠. 파리지엔느 풍모가 온데간데없이 사라지더니, 어느새
          인도차이나의 원주민 교사가 돼 있었죠.
          돌연 오데옹극장의 커다란 무대에 선 늙고 파리한 내 엄
          마, 그녀가 보였어요.

토레       선생님의 침실엔 델핀 세리그의 커다란 사진이 걸려 있
          고, 마냥 우연은 아닐 거예요. 〈인디아 송〉에 그녀를 기용
          하셨으니까요.

"그동안 익숙해진 여성성에 기대지 않고서,
여성의 리듬을 존중하는 영화를 만들고 싶었거든요."

뒤라스     델핀은 레네가 발견했어요. 그가 〈지난해 마리앙바드에서〉
          주연으로 델핀을 원했거든요. 1961년이었죠. 델핀은 당시
          연극무대에 8년 동안 서오고 있었어요. 낯을 가리고 얌전

한 성격에, 인터뷰도 하지 않았죠. 사교 모임에 출입하지도 않았고요. 하지만 가장 뛰어난 프랑스 여배우 중 하나예요. 아마 만나지 않고 전화 목소리만 들었더라도, 그 특별한 억양 때문에 나는 델핀을 기용했을 거예요.

토레     반면에 〈나탈리 그랑제〉의 여배우들은 잔 모로와 루시아 보세예요. 두 배우를 염두에 두고서 시나리오를 쓰신 건지요?

뒤라스     두 대스타와 함께 클리셰를 전복시키며 영화를 찍는다는 게 좋았어요. 카메라가 그들의 다리며 얼굴이며 가슴에 머물지 않고서, 몸을 뒤에서 찍거나 손만 보여주는 식이었죠.

그동안 낭비된 나머지 익숙해진 여성성에 기대지 않고서, 여성의 리듬을 존중하는 영화를 만들고 싶었거든요. 두 배우와도 그렇게 합의했고, 여자들끼리의 그 의기투합은 내게 아름다운 기억으로 남았죠.

특히 잔한테서는 〈모데라토 칸타빌레〉 이후로, 역할을 내면화할 때 놀랍도록 영민해지는 시선을 발견했어요. 피터 브룩과 촬영하는 내내 하루가 멀다 하고 우리 집에 와서 안데바레드의 삶에 대해 물어봐서, 나도 잔을 만족시켜주기 위해 그때그때 이야기를 지어내야 했죠.

잔은 나와 많이 닮았어요.[*] 우리 둘 다 평생 동안 강렬한 사랑에 타격을 입었죠. 꼭 이미 존재했던 사랑 때문이라기보다는, 아직 존재하지 않았으나 곧 다가오거나 끝나버릴 사랑에.

[*] 잔 모로는 얀 앙드레아의 『이런 사랑』을 원작으로 한 동명의 영화에서 뒤라스 역을 맡아 연기했다.―옮긴이 주

# 연극

"연극은 절대 공산품이 될 수 없어요.
매일 저녁, 새로워질 위험이 있는 살아 있는 무엇이죠."

**토레**　　희곡도 여러 편 쓰셨고, 각색도 적잖이 하셨어요. 작품이
　　　　　무대에 오르기까지 무슨 일이 일어나는지요?

**뒤라스**　　책은 그 자체로 존재해요. 텍스트를 '현실화한' 무대는 절
　　　　　대 그 자체로 존재하지 못하지만요. 작가의 목소리를 거
　　　　　친 배우들의 목소리가 책을 생생하게 되살리죠. 난 내 연
　　　　　극 앞에서, 입을 다물고 있어요. 무대 뒤에 숨어 있는 소
　　　　　실점이죠. 공연을 하는 사람들이 나 대신 말하는 거라고
　　　　　할 수 있어요.

토레    연극 연출과 영화 촬영 사이에는 어떤 차이점이 있나요?

뒤라스   연극은 절대 공산품이 될 수 없어요. 매일 저녁, 달라지고
        새로워질 위험이 있는 살아 있는 무엇이죠. 영화는 이 두
        려움과 아무 관계가 없어요. 관객에게 제공되기 전에 잘
        려나가고 수정될 수 있죠. 어느 것도 불확실하거나 우연
        이 아니죠.

토레    하지만 누구나 알고 있는 무대의 한계가 있어요. 상상한
        걸 온전히 펼치는 건, 영화에서만 가능하죠.

뒤라스   바로 거기에 연극의 풍요로움이 있는 거예요. 그 제한된
        시선에.

토레    희곡이 무대로 가면서 겪는 변화는 무엇인가요? 선생님
        의 작업에선 일반적으로 책이 스크린이나 무대로 이동하
        는 과정에서 발생되는 불가피한 변동을 찾아볼 수 없다고
        들 하는데요. 평론가들은 종종 선생님의 작품은 선생님이
        어떤 예술의 형태를 채택하든, 내부적 한계가 없고 연속
        성이 유지된다고 소개하죠.

뒤라스   문학 텍스트가 연극이 되기 위해선 매우 엄격하게 구축되

어야 하는데, 그런 경우는 극히 드물어요. 무엇보다 판을
다시 짜야 하죠. 대사를 수정하는 것에 그칠 수도 있겠으
나, 그것만으론 충분치 않아요. 거기에 글의 마술적 영역
인, 말로 할 수 없는 몇몇 암시들을 표현하는 어려움이 있
는 거고요. 영화에선 특수효과 덕에 수월하게 표현이 가
능하죠.

『죽음의 병』 같은 텍스트를 예로 들어볼까요. 하얀 공간,
중간 휴지休止, 공백, 바닷물 소리, 불빛, 바람. 무대가 너
무 작아요…….

**토레**    선생님이 가장 가깝게 느끼시는 극작가들 중엔 누가 있을
까요?

"체호프의 희곡은 일종의 침묵의 음악이라고 할까요.
아직 모든 걸 상상해야 하는."

**뒤라스**    아우구스트 스트린드베리는 인간 내면의 무기력을 잔혹
하리만치 끝까지 파고들어요. 해럴드 핀터는 인간의 병적
인 면을 드러내고요. 하지만 연극무대는 인간들 사이에서
벌어지는 진짜 사건을 담아내지 못해요, 체호프의 희곡들
을 제외하면 말이죠.

체호프의 희곡들은 목소리와 텍스트의 희곡이에요. 언뜻

심상해 보이지만 실은 의미심장한 디테일들로 직조돼 있죠. 대화와 말이 숨기고 위장하는 것으로 이루어진 '단순한' 구조 속에, 대화 속에 섞여 있는 암시적인 우물거림들 속에 체호프의 위대함이 깃들어 있어요. 그런데도 텍스트는 결코 포화 상태가 되는 법이 없죠. 행동이 정지되고 미완인 채로 내버려두는 내 텍스트들처럼. 일종의 침묵의 음악이라고 할까요. 아직 모든 걸 상상해야 하는.

토레      당장 〈길가의 작은 공원〉, 〈라 뮈지카〉, 〈영국 연인〉, 〈수잔나 앙들레르〉, 〈사바나 베이〉, 〈숲속에서 보낸 나날들〉 같은 작품들이 생각나는데요. 선생님의 희곡은 어떤 장르에 속하나요?

뒤라스      비극 없이는 연극도 없어요. 그리고 비극은 사랑, 히스테리이고, 시골 부부의 단순한 이별이기도 하죠. 내가 하고 싶은 건 정확히, 연극 대사 속에 종교의식의 경건한 힘을 포개는 걸 거예요.

토레      선생님 스스로 선생님의 희곡을 '목소리와 텍스트의 희곡'으로 정의하셨어요.

뒤라스      그 모든 게 내 희곡을 '관념적 희곡'으로 부르지 않게 하려는 거예요.

토레      연극 작업은 선생님께 어떤 의미인지요?

뒤라스    대개 책을 쓸 때 오는 그 비밀스럽고 깊이 연루된 감정 없이, 존재의 외부에서 만들어지고 실현되는 낯선 무엇으로서 희곡을 다루는 법을 익혔다는 점에서 의미가 있죠. 내가 집착하는 건 대사예요. 매일 아침 세 시간씩, 대사를 고쳐 쓰고는 오후에 극장으로 가져가 새 대사를 내놓는 식이죠. 가장 빈번하게 변경된 〈라 뮈지카〉를 예로 들면, 주인공이었던 미우미우와 사미 프레가 급기야 지쳐서 내게 이제 그만하라고 요청할 정도였어요…….

"난 죄다 다시 쓸 각오로,
관객 앞에서 공연을 하기 직전까지
연극배우들에 맞춰 텍스트를 변경해요."

토레      연극을 올릴 때 배우들과의 관계는 영화 촬영 시 배우들과의 관계와 어떻게 다른가요?

뒤라스    연극에선 다른 어떤 분야보다 배우들의 실제 모습을 텍스트에 반영하는 것이 필수적이에요. 난 죄다 다시 쓸 각오로, 관객 앞에서 공연을 하기 직전까지 연극배우들에 맞춰 텍스트를 변경해요.

실제 육체가 어떤 방식으로 움직이는지 보는 것보다 더 아이디어가 잘 떠오르는 경우는 없어요.

토레     텍스트와 그것을 연기하는 목소리와의 관계는 어때야 한다고 생각하세요?

뒤라스    배우는 역할에 자연주의적 방식으로 감정이입을 하면 안 돼요. 자신과 역할 사이의 거리에 대해 연기하며, 일정한 거리를 유지해야 하죠.

토레     선생님의 연극에 대한 열정은 어디서 온 걸까요?

뒤라스    그동안 관람했던 공연들 덕분은 아니에요, 그건 확실해요. 1930년대 코친차이나의 시골엔, 영화는 물론 연극도 없었어요. 우리 집에서 드물게 찾을 수 있는 책들 중의 하나가 바로 〈라 프티트 일뤼스트라시옹La Petite Illustration〉 이었죠.

토레     1950년대에 『센에우아즈 고가 다리Les Viaducs de la Seine-et-

*     주간지 〈륄리스트라시옹L'Illustration〉의 부록으로 희곡이 수록돼 있다.

Oise』를 출발점으로 희곡을 쓰기 시작하셨어요. 전쟁이 끝난 직후였던 당시의 프랑스 연극에 대해선 어떻게 생각하세요?

"전후 그들의 연극은 비극에 진정으로
기여하지 못하는 가짜 교훈극이죠."

뒤라스     앙토넹 아르토 같은 일부 이론가들이 어쨌든 연극에 혁명을 일으켰지만, 그들에겐 그다지 관심이 없었어요. 사르트르나 카뮈는 그들의 틀에 박힌 이데올로기만큼이나 낡은 테마극이나 만들었고요. 비극에 진정으로 기여하지 못하는 가짜 교훈극이죠. 관객은 논증적으로 제시되는 모든 것을 받아들이기만 하는 수동적인—감내하는, 이라고 해도 좋고요—역할에 머물러요.
디오니스 마스콜로•는 카뮈가 새 연극을 올릴 때마다 첫날 첫 회 공연에 날 강제로 데려가곤 했죠.

토레       연극 비평에 대해선 어떻게 생각하세요?

뒤라스     초보자들에게만 의미가 있을 거예요. 나 같은 사람한테는

•     뒤라스의 두 번째 남편. 둘 사이의 아들이 장 마스콜로다. 디오니스는 갈리마르의 편집자였고 공산당원이었으며 식민지정책에 반대했다.

당연히 아니고요. 40년 전에 심리적 개연성이나 엇비슷한 장르를 잣대로 창설된 후위Arrière-garde, 즉 시대에 뒤떨어진 연극은 나와 아무 상관이 없어요.

연극평론가들이 기억과 열정에 대한 대학살을 오글거리는 감상주의로 착각하고서 내 공연을 보러 온다는 것에 언짢은 기분마저 드는군요.

# 열정과 알코올

"사랑이 비록 모든 예술의 주요 주제일지라도,
그것에 대해 이야기하고 묘사하는 것보다
더 어려운 건 아무것도 없으니까요."

토레    선생님의 작품은 어떤 식으로든 전부 사랑 이야기예요. 궁
       극적이고 필수 불가결한 수단으로서의 열정, 그것은 인물
       들을 마비시키는 그 불능과 부동성을 넘어서게 하죠. 모든
       뒤라스 세계의 중심축으로서 열정에 관한 이야기요.

뒤라스   사랑은 언제든 진정으로 중요한, 유일한 거예요. 그걸 남
       녀 간의 이야기로 국한하여 생각하는 건 어리석어요.

토레    유르스나르는 사랑의 테마에 집착하고 여기에 지배되는
       프랑스 문학의 특성을 유감스러워했어요.

뒤라스　내 생각은 달라요. 사랑이 비록 모든 예술의 주요 주제일 지라도, 그것에 대해 이야기하고 묘사하는 것보다 더 어려운 건 아무것도 없으니까요. 열정은 가장 진부한 동시에 가장 모호하거든요.

토레　『히로시마 내 사랑』에, 선생님이 모든 사랑의 모순적이고 뿌리 깊은 특성이라고 생각하시는 것을 요약하는 듯한 문장이 나와요. "넌 날 죽이고, 날 기쁘게 해."

뒤라스　가난하고 차림새도 이상야릇했던 내가 중국인 연인을 만나면서 모든 열정에 깃든 이중성을 발견하게 됐죠. 상대를 삼켜버리고 싶을 지경의 소유욕으로서 사랑 말이에요.•

토레　『연인』에 대해, 부유한 중국인과의 만남이 선생님 인생의 가장 중요한 사건 중 하나라고 밝히셨어요.

뒤라스　그 이야기는 다른 모든 사랑, 선언되고 제도화된 모든 사랑을 뛰어넘거든요. 사랑에 이름을 붙이고 사랑을 그 근본적이고 신성한 어둠에서 *끄집어내려는* 시도에서 비롯된 언어는 모든 열정을 죽이고, 제한하고, 축소해요.

•　　『히로시마 내 사랑』의 같은 쪽에 다음과 같은 '여자'의 대사가 나온다. "날 삼켜버려. 흉해질 때까지 날 일그러뜨려."

사랑이 **말해지지** 않을 때 육체적 힘, 손상되지 않은 무조건적인 쾌락의 힘이 생겨나죠. 어둠의 후광에 싸인 연인들에게 기적적으로 나타나 머무는 것 말이에요. 『연인』에서 나는 그 이야기를 중국인들이 사는 도시며 강이며 하늘과 그곳에 사는 백인들의 불행에 대해 언급하며, 멀리서 거리를 두고 말할 수밖에 없었어요. 사랑에 대해서는, 침묵했고요.

"절대적인 것을 추구하는 오직 사랑만이
죽음, 불행, 삶의 권태와 싸울 수 있죠."

토레　매혹하는 동시에 두렵게 하는 절대적인 사랑은 결국 불타오르죠. 『길가의 작은 공원』에서 젊은 여자는 이렇게 말해요.
"피할 수 없는, 누구도 피할 수 없는 그런 것들이 있어요."
거기에 남자는 이렇게 대답하고요.
"우리를 극심한 고통에 빠뜨리는 그것보다 더 욕망을 부추기는 건 아무것도 없죠."
초현실적인 어떤 미친 사랑, 연인을 일상의 단조로움으로부터 탈출시키는 열정이라고 할까요. 절대적인 것을 추구하는 오직 그것만이 죽음, 불행, 삶의 권태와 싸울 수 있죠.
"세상의 어떤 사랑도 사랑을 대신할 순 없어."
『타키니아의 작은 말들』의 여주인공 사라도 이렇게 말해요.

뒤라스    또한 결여, 혹은 죽음 속에서만 진정되고 해결되는 무엇
        이죠.
        "당신이 죽었으면 좋겠어요."
        『모데라토 칸타빌레』에서 쇼뱅은 안 데바레드에게 이렇
        게 말해요. 바로 완전한 사랑은 존재론적으로 불가능하기
        때문이에요. 『복도에 앉은 남자』, 『대서양의 남자』, 『노르
        망디 해안의 매춘부』 같은 짧은 텍스트들이나 『파란 눈
        검은 머리』에서는, 그러한 양상이 열정 자체의 은유가 될
        정도로 확장되죠.
        사랑은 몇몇 순간들로만 존재했다가, 이윽고 흩어져버려
        요. 그 현실적인 불가능성으로도 인생의 흐름은 뒤바뀌죠.

토레    사랑의 테마는 또 다른 테마, 남녀 간의 소통 불능으로 이
        어지는데요. 선생님의 작품 속 인물들은 끊임없이 사랑하
        고 싸운 끝에, 결국 실패하고 말아요.

"욕망은 잠재적인 활동이고, 그래서 글쓰기와 흡사해요.
우리는 늘 글을 쓰듯 욕망하죠."

뒤라스    내가 관심 있는 건 섹스—대체로 일종의 탈색된 관능 속
        에서 이루어지는—가 아니라, 에로티시즘의 기원인 욕망
        이에요. 아마 그러지 말아야겠지만, 섹스로 진정시킬 수

밖에 없는 그것 말이에요. 욕망은 잠재적인 활동이고, 그 래서 글쓰기와 흡사해요. 우리는 늘 글을 쓰듯 욕망하죠. 실제로 난 글을 쓰는 순간보다, 글을 쓰려고 자세를 잡는 순간에 더 글쓰기에 사로잡힌 기분을 느끼거든요. 욕망과 쾌락 사이의 차이점은, 글쓰기가 시작될 때의 카오스와 종이 위에서 가벼워지고 환해지는 카오스의 결과물 사이 의 차이점과 똑같아요.

카오스는 욕망 속에 있죠. 쾌락은 우리가 이룬 것의 극히 일부분일 뿐이에요. 나머지는, 우리가 욕망한 것의 대부 분은 그대로 남아요. 영원히 잃어버린 채로.

토레      그런 식의 욕망의 이미지는 전형적으로 여성의 세계에 속 하는 것이 아닌지요?

뒤라스      아마도요. 남성의 성은 보다 구체적인 행동모델, 즉 흥분 이나 오르가슴 주위를 맴도니까요. 그러고는 다시 시작되 고요. 어떤 것도 서스펜스나 암묵으로 남지 않아요. 당연 히 정절을 중시하는 선조들의 원칙 아래 길러진 대로 조 신한 모든 여성들은 죄책감을 느끼지 않고는 욕망을 완전 히 충족시킬 수 없죠.

토레      선생님의 얼굴에선 이미 열다섯 살에 욕망의 기미가 보였다는 말씀을 종종 하셨어요.

뒤라스  아주 어렸을 때 해변의 방갈로 사이나 기차 안에서 모르는 남자들과 나눈 첫 몇 번의 경험으로 나는 단번에 욕망이 의미하는 바를 알게 됐어요. 그걸 중국인 연인과 함께 온 힘을 다해 체험했고, 그때부터 나의 성적 만남들은 늘 무수했고 폭력적이기까지 했죠.

토레  그 무수한 열정과 선생님의 진정한 강박이라고 할 수 있는 작업을 어떻게 성공적으로 병합하신 건지요?

뒤라스  남자와 그만 살게 될 때마다, 난 스스로를 되찾았어요. 나의 가장 아름다운 책들은 다 혼자일 때 쓴 거예요. 아니면 스치는 연인들과 함께 있었거나. 그 책들을 고독의 책들이라고 부를게요.

토레  남성에 대해선 어떻게 생각하세요?

뒤라스  그들은 일종의 불투명한 삶을 살고 있어요. 자기를 둘러싼 주변 대부분의 것들을 알아차리지 못할 정도로. 자신 안에 갇혀 있는 거죠. 때로는 자기들이 저지른 짓 때문에 여자의 머릿속에서 소리 없이 어떤 일이 벌어지고 있는지도 전혀 모르고요. 아마 자신을 굉장히 진지하게 여기는 남근 중심주의자 부류가 여전히 존재할 거예요.

"따지고보면 난 늘 다른 곳에 있었어요.
작가들은 결코 남들이 원하는 곳에 있지 않아요."

토레     남자들과 함께한 선생님의 삶은 어떻게 묘사하시겠어요?

뒤라스     난 그들을 늘 따라다녔어요. 여행이든 어디든. 그들이 내게 강요했고 나는 견딜 수 없었지만 그들에게 양보하여 이루어진 여가 활동의 행복을 나누면서. 그렇지 않았으면 그들은 아마 미친 듯이 화를 냈을 거예요. 나랑 함께했던 남자들은 나의 끊임없는 하소연을 못 견뎌했어요. 그들의 혹평에 대한 불평이라든지, 글쓰기의 힘겨움이라든지. 그들은 내가 가사를 돌보고 요리하기를 원했어요. 정말로 책을 써야 할 땐, 마치 불법노동자나 된 듯 불규칙적으로 일해야 했죠.
따지고보면 난 늘 다른 곳에 있었어요. 작가들은 결코 남들이 원하는 곳에 있지 않아요.
난 모든 종류의 남자들을 만나봤어요. 다들 당연히 내가 베스트셀러를 쓰기를 바랐죠. 하지만 그건 2000년에나 가능하지 않을까요?

토레     남자들의 어떤 점을 나무라시겠어요?

뒤라스    참견해야 하고, 말해야 하고, 주위에서 일어나는 모든 것
         에 대해 설명해야만 직성이 풀리는 그들의 성미를 견디기
         위해서는, 그들을 정말 많이 사랑해야 한다는 것이죠.

토레     "남자들은 전부 동성애자이다"라는 단언을 종종 하셨어요.

뒤라스    거기에 열정의 강렬한 힘을 끝까지 못 견딘다는 것도 추
         가할 수 있어요. 그들은 오직 자기들과 닮은 것만을 이해
         한다는 자세거든요. 남자들에게 삶의 참된 동반자—속을
         털어놓을 진정한 친구—는 다른 남자일 수밖에 없어요.
         여성이 다른 곳에 있는 남성의 세계, 이따금 남자가 함께
         하자고 여자를 초대하는 것에 그치는 남성의 세계에서는
         말이에요.

토레     동성애에 대해서는 어떻게 생각하세요?

뒤라스    같은 성들 간의 사랑에는 반대 성들만이 가진 그 신화적이
         고 보편적인 영역이 결여돼 있어요. 동성애자는 연인보다
         는 동성애 자체를 더 사랑하죠. 문학에서 동성애가 이성애
         로 변환될 수밖에 없는 것도 바로 그 이유예요. 마르셀 프

루스트를 생각하는 것만으로도 충분하죠. 더 구체적으로는 알프레드가 알베르틴*으로 변환된 것으로.

이미 이야기했지만, 내가 롤랑 바르트를 거장으로 여길 수 없는 이유도 바로 그거예요. 그에겐 어떤 한계가 있거든요. 가장 고대적인 삶, 여성의 성에 대한 지식의 결여 같은.

토레      여성 동성애 경험이 있으신지요?

뒤라스      물론이에요. 다른 여성한테서 얻는 쾌락은 무언가 몹시 친숙해서, 늘 아찔함이 결여되었다는 것이 특징으로 남아 있어요. 진짜 천둥 번개는, 우리를 압도할 수 있는 건, 남자와의 만남이에요.

"동성애는 죽음처럼,
인간도 정신분석도 내력도 끼어들 수 없는,
신의 독점적이고 독자적인 영역이에요."

토레      『죽음의 병』이나 한층 더 나아간 『파란 눈 검은 머리』 같은 책에서, 남성 동성애 테마에 대해 극적인 동시에 매우 냉철하게 접근하셨어요. 두 책 모두 한 여자와 그녀의 몸에서 쾌락을 느끼는 것이 불가능한 남자 사이의 결코 성립되지 못할 사랑을 이야기하고 있죠.

뒤라스  그건 내가 아주 잘 아는 문제죠. 동성애는 죽음처럼, 인간도 정신분석도 내력도 끼어들 수 없는, 신의 독점적이고 독자적인 영역이에요. 게다가 생식이 불가능하다는 측면에서도 동성애는 죽음과 대단히 가깝죠.

토레  선생님은 심지어 많은 동성애자들을 사랑했고 만났노라고 밝히셨어요.

뒤라스  그들도 다른 사람들과 똑같다고 생각했어요, 그들을 만나기 전까지는. 실상은, 그렇지 않았죠. 동성애자는 혼자예요. 자신과 닮은 누군가와 함께하지 못하도록, 혹여 함께하더라도 산발적이도록 선고받은 사람이죠. 그와 함께 사는 여자도 그 곁에서 혼자일 거예요. 하지만 바로 그 불가능해 보이는 지점에서, 그 극단적이고 육체적인 불가능 속에서 사랑은 체험될 수 있어요. 우리가 그랬던 것처럼.

토레  9년째 얀 앙드레아와 함께 살고 계세요.

뒤라스  얀이 날 찾아냈어요. 2년 동안 내게 아름다운 편지를 써

보냈죠. 사실 놀랍진 않았어요. 내 책을 읽고서 많은 사람들이 그렇게 했으니까.

기분이 가라앉았던 어느 날, 사람 일을 누가 알겠어요, 답신을 하기로 마음먹었죠. 얀이 전화했을 때, 캉에 사는 얼굴도 모르는 이 학생에게 오라고 말했어요. 우리의 만남은 빠르게 술자리가 되었고, 그렇게 둘만의 미친 짓이 시작됐어요. 얀과 함께 다시 한번, 우리 삶에서 일어날 수 있는 최악의 무언가는 사랑하지 않는 것임을 깨달았죠.

얀의 존재가 날 온통 사로잡았어요. 얀의 친구들은 나이가 너무 많은 여자와 만나는 걸 나무랐지만, 얀은 개의치 않았죠.

어떻게 그게 가능했는지 지금도 의문이에요. 우리의 열정은 다른 모든 열정들처럼, 비극적이었어요. 그건 우리의 불일치, 우리 욕망의 실현 불가능성에서도 움텄죠.


토레      얀 앙드레아는 『나의 연인 뒤라스』의 작가예요. 분절된 문체에서는 선생님의 최근 문학작품들이 강하게 떠오르고, 이야기는 몇 년 전에 선생님이 감당하신 참혹한 알코올중독 입원 치료에 대한 거예요.


뒤라스      그 책의 많은 곳에서 나를 발견했어요. 그간 내 영화나 책에 대한 에세이들이 나오긴 했죠. 하지만 나에 대한 책,

있는 그대로의 나에 대한 책은 결코 없었어요.

**토레**    특별히 어떤 부분에서 선생님을 발견하셨나요?

"알코올은 고독이란 유령을 미화시켜요.
어느 날, 우리 안 깊숙이 팬 구멍을 메워주죠."

**뒤라스**    탈진되고, 불만스럽고, 공허한 감정. 더는 술 없이 살아갈
수 없다는 그 한 가지 생각으로 인한 자기파괴.

**토레**    처음으로 술을 끊으신 건 언제인가요?

**뒤라스**    난 이제 술이라면 사람을 알듯, 알아요. 어느 정치 모임인
가 사교 모임인가에서 처음 술을 입에 댔죠. 그러다가 마
흔 살에 본격적으로 마시기 시작했어요. 1964년에 일단
끊었다가, 10년 뒤에 다시 시작했죠. 그렇게 지금까지 세
차례나 술을 끊었다가 다시 입에 대기를 반복했어요. 결
정적으로 뇌이에 있는 미국 병원에 입원해서 3주 가까이
환영과 정신착란에 시달리며 비명으로 나날을 보낸 후에
야, 완전히 벗어날 수 있었죠.
그 후로 7년이 지났지만, 난 알아요, 당장 내일에라도 다
시 시작할 수 있다는 걸.

토레    왜 다시 시작한다고 생각하세요?

뒤라스   알코올은 고독이란 유령을 미화시켜요. 이곳에 없는 '타
        인'을 대신해주고 오래전, 어느 날, 우리 안 깊숙이 팬 구
        멍을 메워주죠.

# 여성

"우리는 늘 우리 본연의 모습인 단일성에
도달하기 위해 기를 쓰지만,
우리의 풍요로움은 바로 그 범람에 있는 거예요."

**토레**   언젠가 선생님의 삶을 이렇게 정의하셨어요. "더빙되고,
편집은 조악하고, 연기는 형편없고, 보정도 엉망인 영화,
한마디로 망작이다. 살인사건도, 경찰이나 피해자도, 주
제도, 아무것도 없는 범죄영화 말이다."*

**뒤라스**   매번 구멍이 숭숭 뚫리고, 한없이 가라앉고, 심상하게 나
를 관통하는 모든 것에 배어드는 기분이에요.

**토레**   어쩌면 "머릿속이 윙윙거리는 바람으로 가득 차 있"다고

•    『물질적 삶』에서.

말하는 『트럭』의 여주인공한테서 선생님의 모습을 보실 것도 같아요.

뒤라스  그 여성도 작가처럼, 촉수가 외부로 향해 있어요―마치 내가 홀로 해변이나 시골길을 걸을 때처럼―돌풍 같은 세찬 감각을 받아들일 준비가 돼 있죠.

토레  자신을 어떻게 정의하시겠어요?

뒤라스  명랑하다고요. 난 웃는 걸 좋아해요. 더러 다른 사람들은 아무렇지 않아 하는 것에 재밌다거나, 내가 너무 멍청하다고 생각하며 웃기도 하죠. 물론 그러다가도 돌연 여덟 살일 때 느꼈던 불안감―사물이나 존재나 거대한 수풀과 맞서는 공포―에 사로잡혀요. 어릴 땐 자신에 대해, 자신의 존재에 대해 확신이나 믿음 없이 출발하죠. 타인에 대해서도 그렇듯, 자신에 대해서도 믿는 법을 배우는 건 나중이 되어서고요.
살면서 종종 내가 존재하지 않는―어떤 모델도 레퍼런스도 전무후무한―듯한 기분을 느껴요. 늘 내가 있고 싶은 곳을 발견하지 못한 채 그곳을 찾아 헤매고, 늘 지각하고, 늘 남들이 즐기는 걸 즐기지 못하는 기분. 그런데 이제는 이 복합성이 마음에 들어요. 우리는 늘 우리 본연의 모습

인 단일성에 도달하기 위해 기를 쓰지만, 우리의 풍요로
움은 바로 그 범람에 있는 거예요.

토레      일흔다섯 살이신 오늘 그간의 인생을 결산하신다면
요…….

뒤라스      유년기와 청소년기, 가족의 절망, 전쟁, 독일강점기와 포
로수용소 없이, 내 삶은 대단치 않을 거예요. 프랑수아 미
테랑이 재향군인부 장관이었던 시절에 그의 비서실에 근
무하면서, 히틀러의 극악무도한 범죄와 아우슈비츠, 그리
고 7백만의 유대인이 처형당한 사실을 알게 되었죠. 당시
서른 살이었고, 그제야 길고 긴 잠에서 깨어난 기분이었
어요.

"우리 모두가 두려워서 끝까지 감추려고 애쓰는
그 궁극의 고독을 느끼죠."

토레      혼자라고 느끼시나요?

뒤라스      모든 사람들처럼요. 우리 모두가 두려워서 끝까지 감추려
고 애쓰는 그 궁극의 고독을 느끼죠. 하지만 하루도 혼자
만의 시간이 없다면, 그런 환경이라면, 숨쉬기도 힘들 것

같아요.

토레   여성들, 젊은이들과 함께 시간을 보내는 걸 여전히 즐기
      신다고 하던데요.

뒤라스  여성들과 함께 시간을 보내는 건 항상 즐거워요. 그들을
      보며 늘 자극을 받죠. 여자 친구들과 오후 내내 수다를 떨
      었던 기억이 나는군요. 엄청나게 깔깔거리며 함께 술을
      마셔댔죠.
      젊은이들은, 경우가 달라요. 그들과 있으면 즐겁지만 가
      르칠 건 별반 없는 기분이죠. 소설 이론조차……. 내가 더
      는 예전 모습이 아닌 이상 이제는 만나지 않는 일부 옛
      친구들보다는 그들과 함께하는 게 더 좋아요. "마르그리
      트, 닥쳐, 제발……." 이런 말도 질렸고요.

토레   제게 선생님의 어머니에 대해 말씀하시면서, 그동안 읽고
      들었던 수많은 책이며 분석이며 이론은 잊었어도 어머니
      가 해주신 놀라운 이야기들은 기억한다고 하셨어요.

뒤라스  그건 정말 확실해요. 난 종종 제일 긴급하고 중요한 것
      들—이런저런 이유로 명심해야 하는 일들—은 잊어버리
      면서, 쓸데없고 사소한 건 잘도 기억하는 것 같아요. 어떤

목소리라든가, 원피스의 천이라든가……. 내가 쓴 칼럼이
며 내가 말한 것들, 몇 년 동안 이끌어오던 일상들은 기억
이 안 나요. 마치 거대한 산더미 같은 사건들이 내 머릿속
에 몰려와 흔적도 남기지 않고 쓸고 지나간 것 같다고 할
까요. 우리를 붙드는 건, 우리의 의지와 상관없는 비자발
적인 기억이죠.

## "나는 어떤 면에서는 여성으로 태어났다는 이유만으로 고통을 경험했어요"

**토레**    선생님이 여성이라는 사실은 선생님의 작업에 어떤 영향
을 끼쳤나요?

**뒤라스**    나는 어떤 면에서는 여성으로 태어났다는 이유만으로 고
통을 경험했어요. 다른 모든 여성들처럼, 일에서 벗어나
휴식할 때 나를 곁에 두고 싶어 하거나 그냥 내가 집에
있기를 바라는 남자 곁에서 지치고 지겨워졌죠.
많은 경우 내가 글을 쓰는 곳은 바로, 집이고 부엌이었어
요. 집에서 나간 남자들이 남긴 빈자리가 좋아지기 시작했
죠. 거기서 비로소 생각을 할 수 있었거나, 아니면 결과적
으로 마찬가지지만 아무 생각도 하지 않을 수 있었어요.

토레　　방금 하신 말씀을 들으니 어느 면으로는 『타키니아의 작은 말들』의 사라의 정신상태가 떠오르네요.

뒤라스　　사라는 결코 혼자가 아니에요. 아이가 늘 곁에 있고, 자크나 가정부나 애인이 될 법했으나 결코 되지 않을 '다른 사람'도 있죠. 그 모든 것에도 불구하고 사라의 고독은 말하지 않는 누군가의 극복되지 않는 고독이에요. 이 침묵 속에서, 모든 일이 일어나죠.

토레　　선생님 작품들의 여성적인 특성은 무엇이라고 생각하세요?

뒤라스　　난 글을 쓰면서 여성적 감수성의 의미에 대해 고민하지 않아요.

토레　　버지니아 울프는 『자기만의 방』에서 모든 인간 존재가 정상적이고 완벽해지기 위한 조건은 남성적 요소와 여성적 요소의 조화로운 공존이라고 강조한 바 있어요.

뒤라스　　위대한 정신은 양성적이죠. 예술 영역의 일부 여성화 움직임은 여성들의 중대한 실수예요. 그런 식의 특수성을 창안함으로써, 외려 그들 주장은 파급력이 제한되거든요.

"의식이 있고 정보가 있는 여성은
그 자체로 당연히 정치적인 여성이에요."

**토레**  페미니즘에 대해 어떻게 생각하세요?

**뒤라스**  나는 진정한 여성해방으로 이어지지 못하는, 다소 근시안적인 모든 형태의 투쟁을 경계해요. 거기엔 이데올로기 자체보다 더 제도화된 반이데올로기가 존재하거든요. 의식이 있고 정보가 있는 여성은 그 자체로 당연히 정치적인 여성이에요. 자신의 육체를 대표적인 순교지로 만들면서, 게토 속에 틀어박히지 않는다는 조건하에 말이에요.

**토레**  선생님이 말씀하셨듯이 침묵은, 침묵의 실행과 이해는, 여성다움의 척도가 될 수 있을까요?

**뒤라스**  여성은 모호함을 거부하거나 두려워하는 대신, 자신의 말 속에 담긴 침묵까지도 통째로 번역하고, 포용해요. 반면에 남성은 침묵의 힘을 조금도 못 견딘다는 듯이, **말해야만 할** 필요성을 느끼죠.

**토레**  성별에 따른 이 언어 사용법의 차이는 선생님이 종종 암시하는 여성과 마녀의 비교를 다시 한번 상기시키는데요.

뒤라스    쥘 미슐레는『마녀』에서 여성의 고독은 그들의 언어에 기원이 있다고 주장하거든요. 남편들이 십자군전쟁을 떠나자 남겨진 여성들은 자연에 대고 원초적 언어, 선조의 언어를 혼자 말하기 시작했을 거예요. 제도화되지 않은 말이 퍼져나가는 것을 막기 위해, 여성들은 처벌을 받았을 거고요. 여성, 그리고 여성과 함께 아이들은 위반과 광기에 늘 가까웠어요.

토레      디오니스 마스콜로는 선생님에 대한 에세이•에서 "오직 여성만이 극단적인 예시를 보여줄 수 있는 경솔함"에 대해 이야기해요. "우리에게는 주인공의 '영적' 삶으로 익숙한 종류의 다양한 위험에 대한 취미, 보장된 모든 안전과 안정에 문제를 제기하고, 미지의 것에 대한 있을 수 없는(생각할 수도 없는) 믿음에 이끌려 가진 것을 전부 배팅하는 능력"이라고요.

뒤라스    거기에 고통을 지우지 않고 그저 견디며 고통과 끝까지 맞서는 능력을 추가할게요. 남성은 그들의 어떤 나약함 탓에 고통에 맞설 준비가 돼 있지 않아요. 그래서 육체적 폭력과 함께 고통을 외부로 발산하고 신화화하면서, 그 본질을 외면하는 거죠.

•    『비극의 탄생』, 1975년.

"작품 속 여성 인물들은 열정의 희생자들이에요.
열정이 그들을 관통하고 갈가리 찢어놓았죠."

토레 　　선생님의 작품 속 여성 인물들은 드러난 진실에 접근하는
　　　　용기를 내면서도, 한편으로는 거짓말에 의존하고 감정을
　　　　숨기는 데 익숙해요. 수잔나 앙들레르, 사라, 안 데바레드,
　　　　롤, 안 마리 스트레테르 등등…….

뒤라스 　그들은 열정의 희생자들이에요. 속수무책으로 인격을 분
　　　　열시키는 열정이 그들을 관통하고 갈가리 찢어놓았죠. 내
　　　　가 중국인 연인을 만나면서 엄마에게 거짓말하기 시작한
　　　　것처럼.

토레 　　선생님처럼 글을 쓰는 여성은 출산 경험을 어떤 방식으로
　　　　기억하시는지요?

뒤라스 　남자는 자신의 몸에서 다른 존재를, 탈진할 때까지 온 힘
　　　　을 다해 힘겹게 세상에 내놓는 것의 의미를 결코 알 수
　　　　없을 거예요. 상식으로 이미 알고 있는 출산의 고통, 그
　　　　고통으로 인한 모든 출산의 폭력성을 인식하는 정도겠죠.

토레 　　1947년 6월 30일, 디오니스 마스콜로와의 사이에서 얻은

아들 장 마스콜로와의 관계는 어떠신지요?

뒤라스 우타와 나, 우린 친구예요. 우타는 진짜 나를 아는 드문 사람들 중 하나죠. 나의 신경증과 폭발 일보 직전의 히스테리도 알고요. 거기에 훌륭한 여행 동반자이기도 하죠. 파리에서는 밤에나 몇 번 만나는 정도로 자주 보지 않지만, 여행은 수시로 함께 다녀요. 유럽으로. 우타가 나를 에스코트하고 고립되지 않도록 보호해주죠. 우리 둘은 서로를 보완해요. 일에 대한 내 강박을 시간이 자유롭고 따라서 여유로운 우타가 해소시키죠.

토레 장 마스콜로는 간접적일지라도 〈아이들〉 같은 선생님의 최근 영화에 촬영기사나 사진작가로 참여했어요. 더구나 〈아이들〉의 이야기는, 우연이 아니겠지만, 장에게서 영감을 얻은 거고요.

뒤라스 지금까지 우타는 온전한 자기 일을 찾지 못한 채, 전부 조금씩 손을 댔어요. 그 애 아빠나 나나, 누구도 그 애한테 일을 찾도록 절대 강요하지 않았죠. 내 돈은, 그 애 거예요. 난 어쩌다 특별한 맛있는 음식이 생길 때면 늘 그랬듯이 그 애와 나눠요.

"우리는 그 애가 하는 일 없이
빈털터리인 게 더 좋았어요."

토레       68년 5월 혁명 때, 아드님은 정치를 하셨어요.

뒤라스     진짜 히피였어요. 부드럽고, 무심하고, 멀어 보이는.

토레       약간은 『파괴하라, 그녀는 말한다』의 지칠 줄 모르는 알
           리사처럼요.

뒤라스     내가 우타에 대해 어떤 걸 알지 못했다면, 아마 그 책도
           쓰지 못했을 거예요.

토레       아드님의 참여에 대해서는 어떻게 반응하셨나요?

뒤라스     우타가 아빠한테 가서 자기는 아무것도 하기 싫고, 할 수
           도 없다고 말했대요. 그러고는 떠나버렸죠. 그 뒤로 몇 년
           동안 아프리카를 수차례 오가면서 점점 여위고 수척해지
           더군요. 그래도 우리는 그 애가 출근하기 위해 새벽의 어
           둠 속에서 자명종이 울리기를 기다리는 수백만의 사람들
           처럼 이름 모를 사무실의 포로가 되기보다는, 하는 일 없
           이 빈털터리인 게 더 좋았어요.

# 장소들

"바다는 '내'가 무제한의 힘을 갖게 되는 곳이에요.
그 속에서 자신의 정체성을 잃었다가 다시 되찾게 되죠."

**토레** 선생님께 특별한 의미가 있는 장소들에 대해 『마르그리
트 뒤라스의 장소들』'이라는 제목으로 아름다운 사진집
을 내셨어요. 선생님의 개인적 지형에서 신화적인 장소들
을 모은 앨범이죠.

**뒤라스** 내 기억 속에서 다른 곳들보다 더, 내 안의 강렬한 열정들
이 분출하는 장소들이 존재해요. 지금까지도 내가 다치지
않고 무사히 지나갈 수 없으리라는 걸 아는 장소들이죠.
몸이 본능적으로 알아차린다고 할까요. 빈롱의 호숫가에

---

• 1976년에 발표된 다큐멘터리(미셸 포르트 연출)를 미뉘 출판사에서 같은 해에 책으로 엮
어 출간했다.

있는 집은 늘 쾌락의 발견과 연결이 돼요. 우리 엄마와는 결코 나누지 못할 발견이죠. 엄마가 그걸 알았더라면 아마 죽어버렸을걸요.

토레 선생님의 모든 책에는 늘 직접적인 방식이 아닐지라도 바다의 존재가 명시돼요. 심지어 『80년 여름 L'Été 80』같이 얇은 일기 형식의 칼럼집 주제로도 등장하죠.

뒤라스 바다는 내 머릿속에 가장 빈번히 출몰하는 악몽이자 이미지 중 하나예요. 아마 몇 시간이고 바다를 지켜보았던 나와 같은 방식으로, 바다를 아는 사람은 드물 거예요. 바다는 나를 매혹하는 동시에 두렵게 하죠. 어릴 때부터 바다에 휩쓸려 떠밀려 갈까봐 벌벌 떨었어요. 하지만 진짜 바다는 북해예요. 허먼 멜빌만이 『모비딕』을 통해, 무시무시하고 압도적으로 위협적인 바다의 모습을 언어로 그려냈죠.

토레 롤 베 스타인을 비롯해서 선생님 작품의 많은 인물들이 바닷가 휴양지에 살고, 그렇지 않더라도 적어도 바다를 자주 화제에 올려요.

뒤라스 바다는 '내'가 무제한의 힘을 갖게 되는 곳이에요. 시선이 바다에 잠겨 들며, 그 속에서 자신의 정체성을 잃었다가 다시 되찾게 되죠. 세상의 끝에는, 지층을 뒤덮는 넓디넓은 바다뿐일 거예요. 하잘것없는 인간의 모든 흔적이 사라지게 되겠죠.

토레　　한 해의 대부분을 노르망디 트루빌의 아파트에서 보내시면서, 파리나 노플르샤토에는 번갈아 짧게 머무르시는 정도예요.

뒤라스　　트루빌의 아파트 건물은 굉장히 크고 한적한 옛날식 호텔이었어요. 창문들이 커다랗고, 바닥엔 흰색과 검정 타일이 바둑판무늬로 깔려 있죠. 이곳은 내게는 여기서만 볼 수 있는 서늘하고 환한 빛과 연결돼 있어요. 그러고는 바람과 초가을의 달빛과 아브르 항구의 정유공장 냄새가 떠오르네요.

노플의 집은 보자마자 사랑에 빠졌더랬죠. 이곳저곳을 수없이 떠돌던 끝에 처음으로 내 집을 가져본다는 생각에 집을 구입하며 떨 듯이 기뻤어요. 이어서 그 집에 살면서 오직 이야기가 시작되기만을 기다리는 연극 속에 있는 것처럼, 롤 베 스타인이나 나탈리 그랑제*를 떠올렸죠.

어느 날 알랭 레네가 그 집으로 찾아와, 〈히로시마 내 사

・　　뒤라스가 직접 연출한 영화 〈나탈리 그랑제〉가 이 집에서 촬영되었다.

랑〉에 나오는, 에마뉘엘의 고향 마을 느베르 회상 신을 그 집에서 찍기로 결정했어요. 그때 우리는 함께 깨달았죠. 만들어질 영화의 이미지는 바로 장소에 담겨 있다는 걸. 어떤 생각도 미리 앞세우지 말고, 무無에서 출발하여 장소들에 **이르도록** 해야 해요.

"내게 집이란 늘 바깥 공기가 흐르는,
열린 장소였어요."

토레 　　그럼 현재 거주하시는 파리의 생브누아 거리 아파트는요?

뒤라스 　　여긴 40년 동안 딱 한 번 바뀌었어요. 이젠 줄곧 이 상태가 아닐까 싶어요.
　　　　집은 우리가 안심하러 들어가는 집합소인 동시에, 그곳의 거주자들에게 필연적으로, 또 위험하게 영향을 받는 곳이죠. 집은 일종의 자궁의 연장선처럼 여성에게 속해요—남성은 공간을 이용하는 데 그치죠—. 바로 그렇기 때문에 공간을 외부 세계와 단절시키고 살 수 없는 곳으로 만드는 애착물들로 집이 거치적거리면 안 되는 거고요. 내게 집이란 늘 바깥 공기가 흐르는, 열린 장소였어요. 난 평생토록, 혼자 살 때에도 밤이 늦어서야 문을 닫곤 했죠.

토레       선생님의 아파트는 수년 동안, 매우 한정된 친구들 그룹
의 만남의 장소였어요.

뒤라스    아, 그래요. 조르주 바타유, 모리스 블랑쇼, 질 마르티네,
에드가 모랭, 엘리오 비토리니가 이곳을 드나들었죠. 다
들 친구들이었지만, 내가 글을 쓰면서 생각한 건, 그들이
나 우리가 밤에 나누었던 토론이 아니에요.
난 늘 그 두 영역을 분리해왔어요. 그들에게 나는, 누가 알
겠어요, 그저 몇 시가 됐든 밥을 해주고 소파에서 잠자게
내버려두는, 수다쟁이 알코올중독자 친구였을 뿐이죠.

토레       지금도 선생님의 아파트에는 여러 인사들이 드나들고 있
어요.

뒤라스    다짜고짜 집 앞에 와서 전화를 하거나 초인종을 누르는
사람들이 있죠. 나를 만나고 싶었다면서. 난 내가 좋아하
는 아티스트들을 만나는 데는 전혀 관심이 없어요. 그들
이 하고 있는 것들을 아는 걸로 충분하죠. 만일 누가 "피
카소랑 만나고 싶어?"라고 묻는다면, 난 아니라고 대답할
거예요.
대부분의 아티스트들은 자신들의 위대함이나 자신들의
작품의 중요성에 대해 손톱만큼도 의식하지 않아요. 숭고

한 무지라고 할 수 있죠, 바흐나 벨라스케스 같은 사람들
의…….

토레     파리를 좋아하세요?

"글을 쓸 때 필요한 건
요컨대 모든 살아 있는 것들을
느끼는 거예요."

뒤라스   이곳에 사는 게 이제 내게는 거의 불가능해졌어요. 무서
        울 정도로 혼잡한 교통 때문에 운전도 그만뒀죠. 도시 전
        체가 거대한 죽음의 미로처럼 보이고, 소위 '새로운 건축'
        의 잣대에 따라 하루하루 늘어가는 대형 쇼핑몰들이 도시
        의 아름다움을 삼키고 있어요.
        피갈, 마레 같은 서민 동네마저 바뀌는 중이죠. 심지어 삶
        이 복작거리는 파리 변두리까지. 그곳들이 가능한 대로
        모조리, 고독이 한층 더 무참해지는 거대한 시멘트 단지
        로 변모하고 있어요.
        내가 좋아하는 파리는 여름날 일요일과 밤의 한적한 파리
        지만, 그런 파리는 더는 거의 존재하지 않죠.

토레     선생님이 매번 찾으시는 장소들이 작품에 영향을 끼치나요?

뒤라스　　네, 파리에선 점점 일하기가 힘들어져요. 비단 내 책상 앞 창문 맞은편에서 19세기 인쇄소를 허물고 브로드웨이 스타일의 하얀 4성급 호텔을 짓고 있어서만은 아니에요. 그보다는 파리에 머물면, 내 소굴에 틀어박혀 공황에 빠질 위험이 있기 때문이죠. 우리가 글을 쓸 때 필요한 건 바깥세상의 공기와 소음, 요컨대 모든 살아 있는 것들을 느끼는 거예요.

# 이 책이 번역되기까지의 여정

내가 프랑스에는 소개되지 않았던 이 인터뷰집의 존재를 알게 된 것은, 약 15년 전에 안젤로 모리노의 마르그리트 뒤라스에 관한 에세이(『중국과 마르그리트 Il cinese e Marguerite』, 셀레리오, 1997)를 읽으면서였다. 안젤로가 에세이에서 이 인터뷰집을 넘치게 인용하는 바람에, 이 책에 그간 프랑스에서 출간되었던 갖가지 인터뷰집에서 길게 다루지 않은 요소들이 담겨 있다는 것을 곧바로 알아차릴 수 있었다.

레오폴디나 팔로타 델라 토레가 이탈리아인이라는 사실, 그의 확고한 신념과 고집, 주제에 따른 질문 순서, 대단히 구조적인 그의 생각들이, 지금까지 출간되었던 대부분의 인터뷰집들의 맹점으로 지적된 어떤 호의 어린 타협과 회피들을 차단시켰다. 이제껏은 대개 인터뷰어들이 권위적인 인터뷰이에게 휘둘려 작가의 모든 찬미자, 모방자, 비방자 들이 알고 있고 희화화하는 암호화된 언어로 '뒤라스'를 이야기하는 데 그쳤으며, 무엇보다 생각의 숱한 이탈과 중단으로 대화의 앞뒤가 맞지 않는다든지 방향성을 잃은 채 인터뷰가 흐지부지

끝나기 일쑤였다.

안젤로 모리노의 책은 『연인』의 탄생 과정에 대한 연구 작업이다. 그는 『태평양을 막는 제방』부터 『얀 앙드레아 스테네르』까지 뒤라스의 작품 전체에 산발적으로 분포된 자전적 요소를 면밀하게 비교하고, 작가의 독자층을 상당한 수준으로 확장한 이 소설의 이른바 새로운 요소들을 분석했다. 또한 『태평양을 막는 제방』의 '조 선생'을 대체한 인물인 『연인』의 '중국인' 연인 후인 투이레의 정체를 둘러싼 이 소설의 뒤늦은 '발견'에 대해서도 의문을 싹틔운다. 그는 뒤라스가 동일한 사건을 다룬 『태평양을 막는 제방』, 『연인』, 『북중국의 연인』의 세 가지 버전을 비교하면서, 그리고 형제자매의 수나 특히 연인의 정체성의 차이(프랑스인 '조 선생'이 중국인 부친을 둔 베트남인 후인 투이레가 된다)를 강조하면서, 또한 아주 오랜 세월에 걸친 '진실' 은폐의 이유를 설명하면서, 『연인』이 실은 마르그리트 뒤라스의 모친인 마리 르그랑의 삶의 한 부분을 이야기한 것일 수도 있다는 의견을 개진한다. 즉 마리 르그랑이 뒤라스의 부친인 앙리(일명 에밀) 도나디외를 배신하고 중국인 또는 베트남인과 만났을 수 있고, 따라서 마르그리트와 작은오빠인 폴은 이 연인의 자식들일 수 있으며(『북중국의 연인』에는 소녀와 그녀의 작은오빠, 이들 남매의 피부색과 모친의 연인의 피부색이 같다는 암시가 빈번히 나온다), 큰오빠인 피에르만이 에밀 도나디외의 유일한 친자일 수 있다는 것이다. 미셸 투르니에도 『예찬』에서 되짚은 바 있는 이 전제, 『연인』이 딸이 아닌 어머니의 이야기일 수 있다는 이 전제는 거의 설득력이 있을 뻔했다……. 요컨대 마르그리트 뒤라스가 대중에게 공개한 사진 속의 에밀 도나디외와 그녀가 똑 닮지 않았더라면 말이다. 마르그리트의 눈매는 실은 에밀 도나디외에게 물려받은 것이었다.

1996년 3월 뒤라스가 타계했을 때, 다니엘 로렝은 문학 월간지 〈리르〉에, 뒤라스와 같은 학급 친구였던 리 여사와 만나서 나눈 대화 내용을 실었다. 사덱에 살고 있는 리 여사는 마르그리트가 수업을 빼먹고서 후인 투이레와 사랑의 도피 행각을 벌인 사실을 증언했고, 뒤라스가 베트남을 영영 떠나고도 20년 뒤인 1952년에는 후인 투이레의 여동생을 통해 파리에서 보내 온 빗 선물을 받았다고 주장했다. 작가가 여전히 중국인 연인, 또는 적어도 그의 가족과 연락하며 지낸다는 방증이 아닐 수 없다. 작가의 연인의 중국인 부친 후인 투안의 사덱 집은 지금은 '연인 박물관'이 되었다. 관광객들은 정작 뒤라스는 한 번도 발을 들여본 적이 없는 그곳을 관람할 수도 있고, 그곳에 숙박할 수도 있다.

마르그리트 뒤라스는 인터뷰에 인색하지 않았기에 독자들은 다양한 종류의 중요한 인터뷰집을 쉽게 구할 수 있다. 그중에 일부만 꼽아보자면, 자비에 고티에와의 『말하는 여자』(미뉘, 1974), 미셸 포르트와의 『트럭』(미뉘, 1977)과 『마르그리트 뒤라스의 장소들』(미뉘, 1976), 세르주 다네와 〈카이에 뒤 시네마〉 편집부와의 『초록 눈동자』(1987), 제롬 보주르와의 『물질적 삶』(P.O.L. 1987), 피에르 뒤마예와의 『텔레비전에 얘기하세요』(EPEL, 1999), 도미니크 노게즈와의 『말의 색채』(브누아 자코브, 2001), 프랑수아 미테랑과의 『뒤팽 거리의 우체국과 그 밖의 대화들』(갈리마르, 2006), 장피에르 스통과의 『인터뷰』(부렝, 2012)가 있다. 또한 계속해서 작품을 발표함에 따라, 언론 지면이나 라디오 및 텔레비전(알렝 벵스텡, 베르나르 피보, 베르나르 라프, 미셸 포르트, 브누아 자코브 등과)에서도 숱한 인터뷰가 이어졌다. 그럼에도 프랑스어로는, 대화체로 된 오직 한 권의 책에서 작가의 인생과 경력을 철저히 훑겠다는 목적으로 진행된 레오폴디나 팔로타 델라 토레의 인터뷰와 유사한 시도가 없었다. 사실 토레는 그녀가 뒤라스에게 질문을 던지며 여러 차례 인용했던 마티외 갈레의 마르그리트 유르스나르 인터뷰집 『열린 눈』(르 상튀리옹, 1980)을 공공연한 모델로 삼았다.

이 책을 출간했던 라 타르타루가 출판사는 문을 닫은 바, 책을 구하는 것이 아예 불가능했다. 리모주 대학의 강사이자 이탈리아 출판사 포르타파롤의 홍보 담당자인 안나리자 베르토니를 만나기 전까지는 말이다.

내가 아드리아나 아스티와 공동으로 집필한 『기억하기와 잊기』라는 소박한 책을 이 출판사에서 출간하게 된 것을 계기로, 나는 안나리자 베르토니에게 사라져버린 이 신비한 인터뷰집에 대해 이야기할 수 있었다. 마침 마르그리트 뒤라스를 주제로 논문을 준비 중이던 안나리자가 이 인터뷰집을 한 권 갖고 있었고 말이다.

이탈리아 편집자 친구들의 도움으로 나는 볼로냐에 거주하는 레오폴디나 팔로타 델라 토레의 가족의 흔적을 찾을 수 있었다. 그리고 마침내 루카에 사는 토레의 연락처를 손에 쥐었다.

프랑스 작가의 말을 이탈리아어에서 다시 프랑스어로 번역하는 과정에서 표현이 훼손될 위험이 있음은 자명하다. 가능한 선에서 프랑스 독자들에게 익숙한 뒤라스의 어조를 복구하고자 노력했다. 또한 유용하리라 여겨지는 주석을 달았고, 필요한 곳은 수정했다.

안나리자 베르토니가 없었더라면 프랑스 독자들은 이 책을 읽을 수 없었을 것이다. 여기에 그녀에게 감사의 마음을 전한다.

르네 드 세카티

무섭도록 솔직하고 투쟁적인
한 작가의 육성

이 인터뷰는 1987~1989년까지 2년에 걸쳐 이루어졌다. 마르그리트 뒤라스가 1984년 『연인』의 대대적인 성공으로 국제적인 명성을 얻은 이후로, 레오폴디나 팔로타 델라 토레가 이탈리아 일간지 〈스탐파〉를 위해 인터뷰를 진행한 뒤 작가의 매력에 빠졌고, 여세를 몰아 2년에 걸쳐 질문을 체계적으로 확장하며 책이 되었다.

프랑스에서는 그로부터 24년 뒤인 2013년에 이 인터뷰집이 출간되었다. 문학, 영화, 연극 등 전방위적인 활동을 활발하게 펼친 데다, 인터뷰에 인색하지 않았으며, 스스로도 여러 매체에서 인터뷰어로 활약했고, 무엇보다 입장을 취하고 생각을 말하는 데 적극적이었던 뒤라스인지라 프랑스에서 뒤라스 인터뷰란 흔하고 하등 새로울 것이 없는 영역이었다. 그런 프랑스에서 젊은 이탈리아 기자의 대작가 인터뷰집이 20년 이상이 지나 굳이 번역되었고 주목받았다. 그 배경에는 인터뷰 당시에 뒤라스와 토레 사이에 형성된 밀도 높은 친밀감과 동질감이 자리한다. 뒤라스가 당시 '어리고 순수했던 2개 국어(프랑스어, 이탈리아어) 구사자 여성'에게, 인도차이나에서 역시 2개 국어 구사자(프랑스어, 베트남어)였던 어리고 혼란스러웠던 자신을 이입했기 때문이다.

그래서인지 뒤라스가 드물게 허심탄회한 태도로 자신의 삶과 작품 세계 전반을 아낌없이 이야기하는 이 텍스트는, 독보적이고 독자적인 뒤라스의 세계를 완벽하게 전달하는 지극히 뒤라스다운 인터뷰집이 되었다.

우선 『뒤라스의 말』은 연대기적이다. 작가의 유년시절부터 인터뷰가 이루어진 1989년까지 토레는 그의 삶과 문학, 영화, 희곡 들을 차례로 훑는다.

다음으로 구조적이다. 작가의 삶에 물리적, 정신적으로 영향을 끼친 주요 사건들과 그 사건들에서 파생된 작품들을 살피고, 각 사건과 사건, 작품과 작품의 상관관계(문학, 영화, 연극 등 표현 양식의 구분 없이, 다른 작품들을 대체하거나 확장하는 또 다른 작품들)를 되짚는다. 우리는 두 사람의 대화를 따르며 뒤라스의 가족관계와 사랑, '살아가는 것'과 동의어인 '쓰는 것'의 의미, 알코올 없이 살아가는 공포, 그가 생각하는 68년 5월 혁명, 공산주의, 페미니즘, 정치에 대해 들을 수 있다. 또한 문학의 역할, 비평, 영화와 연극, 인물 구축, 그리고 작품을 통해 일관되게 묘사되는 욕망, 열정, 고통, 침묵 등에 대해서도 이해하게 된다. 그가 등장인물을 어떻게 묘사하는지, 문체를 어떻게 만드는지, 얼마만큼 치열하게 인간 본연의 모습(매끄럽지 않은, '단절된 충동의 묶음들') 그대로를 구현하려 애쓰는지, 침묵과 정지와 검은 화면이 어떻게 감정을 전달하고 맥락을 풍성하게 만드는지, 그의 책을 어떤 방식으로 읽어야 하는지.

무엇보다 이 책은 뒤라스를 닮았다. 즉 무섭도록 솔직하고 투쟁적이다. 그는 자전적 소재, 욕망의 고백, 실현 불가능한 절대적 사랑의 추구 등 평론가들이 여성적인 것으로 폄하한 것들을 '여성의 위반'으로 격상시키고, 전통적인 소설 방식에서 벗어난 새로운 형식의 소설, 창조되는 단계의 열린 소설을 고민한다. 독자에게 생략과 침묵과 암시로 전개되는 텍스트를 들이밀며, "문장 자체의 단순한 독해를 넘어서는 거의 사랑하는 관계 같은 공감대"를 요구한다. 투쟁적이기에 혁신적이고, 거기에 영원히 낡지 않을 그의 현대성이 있다.

이 책에 언급되는 20세기 문화사의 대단한 이름들은, 오만하고 자기중심적이며 가짜 겸손이나 위선을 모르는 뒤라스의 직설 앞에서 대부분 살아남지 못한다. 인터뷰에 따르면 자크 라캉과 마르그리트 유르스나르는 읽히지 않으며, 나탈리 사로트와 알랭 로브그리예는 모든 상상력을 문학적 지식으로 떠받치는 지나친 지식인들이다. 카뮈와 사르트르는 그들의 틀에 박힌 이데올로기에 걸맞은 낡은 테마극을 만들었고 특히 사르트르는 프랑스가 정치적, 문화적으로 뒤처지게 된 유감스런 원인이며, 필리프 솔레르는 한계가 뚜렷하고 대중과 언론의 관심을 받기 위해 사실 이제 더는 누구도 충격받지 않는 주제로 부르주아들을 논란거리로 만드는 인물이다. 뒤라스에게 문학의 역할은 금지된 것을 똑똑히 드러내는 것, 대개 말하지 않는 것들을 말하는 것이고 "논란거리가 되어야만 하는" 것이기에, 이 절대성에 참여하지 않는 모든 것은 가차 없는 비판의 대상이 된다. 그의 투쟁적인 발언들이 품격을 잃지 않고 매력을 유지하는 이유이다.

뒤라스의 육성으로 듣는 뒤라스의 세계, 이 말들이 그의 작품에서 요구되는 사랑하는 관계와 같은 공감대를 형성한 독자들에게 뒤늦게 발견한 소중한 보물 상자가 되리라고 믿어 의심치 않는다.

2021년 9월
장소미

1914    4월 4일 프랑스령 인도차이나 사이공(현재의 호치민) 근교의 지아딘에서 출생. 본명은 마르그리트 도나디외. 교사였던 아버지 앙리 도나디외와 어머니 마리 도나디외 르그랑이 지아딘 근무를 자원하여 발령받았다. 형제로는 두 오빠, 피에르와 폴이 있다. 아이들은 부모와 달리 현지인들과 잘 어울렸고, 베트남어를 배웠다.

1921    중병으로 프랑스로 돌아가 입원했던 아버지가 49세를 일기로 사망한 뒤, 프랑스 남부 로트에가론 뒤라스에 묻힌다. 이 지명이 뒤라스의 필명이 된다.

1931    지아딘의 학교에 휴가를 얻은 어머니가 파리에 아파트를 얻고, 뒤라스도 프랑스에서 학업을 이어간다. 1차 바칼로레아에 합격한다.

1932    어머니는 사이공으로 돌아가 다시 교편을 잡고 주택과 자동차를 구입한다. 어머니를 따라 사이공에 온 뒤라스는 2차 바칼로레아에 합격한다.

1933    뒤라스는 장학금을 받고 파리 소르본 대학 법학부에 입학하고, 이후로 두 번 다시 인도차이나로 돌아가지 않는다.

1936    같은 법학부 학생인 로베르 앙텔므를 만난다. 법학 학사 학위를 취득한 뒤라스는 정치, 경제학 공부를 이어간다.

1937    프랑스 식민성 정보부에서 근무한다.

1939    병역을 마치고 돌아온 로베르 앙텔므와 결혼한다.

1942    첫아이를 사산한다.
        비시정부의 조직위원회에서 독서위원회를 관리하면서 디오니스 마스
        콜로와 알게 되고 연인이 된다.
        작은오빠 폴이 인도차이나에서 사망했다는 소식을 듣는다.

1943    부부의 아파트가 지식인들이 간헐적으로 모이는 만남의 장소가 되고,
        뒤라스와 로베르와 디오니스는 레지스탕스에 가담한다. 레지스탕스
        시절부터 시작된 프랑수아 미테랑과의 각별한 친분이 뒤라스의 일생
        동안 이어진다.
        첫 소설 『철면피들』 출간.

1944    로베르 앙텔므가 게슈타포에 체포되어 다하우 강제수용소에 감금된다.
        『조용한 삶』 출간. 갈리마르에서 레몽 크노가 원고를 받음.

1945    훗날 『고통』의 자료가 될 '전쟁 노트'를 쓴다.
        공산당에 가입한다.
        미테랑의 도움으로 다하우 강제수용소에서 로베르를 찾아 데려오고,

빈사 상태의 그를 12개월 동안 전력을 다해 간호한다.

1947    로베르의 『인류』가 출간되고, 부부는 이혼한다.
        뒤라스는 마스콜로와 재혼하고, 아들 장이 태어난다.

1950    같은 공산당원인 루이 아라공을 다른 작가들과의 사적 모임에서 비판
        했다는 이유로 당에 밀고되었다. 이를 계기로 '나이트클럽에 출입하
        는 퇴폐적 프티부르주아', '당의 배반자'로 낙인찍히고 당에서 제명당
        한다.
        『태평양을 막는 제방』 출간. 인도차이나에서의 유년시절을 담은 이 자
        전적 소설은 공쿠르상 후보에 오른다.

1952    『지브롤터의 선원』 출간.

1953    『타키니아의 작은 말들』 출간.

1954    알제리전쟁에 반대하는 지식인위원회에 참여한다.
        『숲속에서 보낸 나날들』 출간.

1955    『길가의 작은 공원』 출간.

1956     디오니스와 이별한 뒤, 〈프랑스 디망슈〉 기자인 제라르 자를로와 만나
           사랑에 빠진다. 이후 그와 다양한 영화와 연극의 각색 작업을 함께한다.
           어머니가 사망한다.

1957     『태평양을 막는 제방』이 르네 클레망에 의해 뒤라스의 작품으로는 처
           음으로 영화화된다.

1958     디오니스가 창간한 반反드골 성향의 잡지 〈7월 14일〉에 참여한다.

1959     희곡집 『센에우아즈 고가 다리』 출간.

1960     알제리전쟁 반대 시위에 적극 가담한다.
           메디치상 심사위원이 된다.
           『여름밤 열 시 반』 출간.
           시나리오집 『히로시마 내 사랑』 출간. 알랭 레네가 감독한 영화가
           1959년에 칸영화제에 소개되며 큰 성공을 거둔다.

1961     자를로와의 관계가 끝난다.
           시나리오집 『그토록 오랜 부재』 출간. 제라르 자를로와 공동 집필.

1962     『앙데스마 씨의 오후』 출간.

1963     노르망디의 트루빌에 아파트를 구입한다.

윌리엄 깁슨의 『앨라배마의 기적』을 희곡으로 각색.


1964     『롤 베 스타인의 환희』 출간.


1965     희곡집 1권 출간. 「강과 숲」, 「라 뮈지카」, 「길가의 작은 공원」이 수
록됨.

〈숲속에서 보낸 나날들〉이 마들렌 르노 주연으로 연극무대에 오르고,

희곡으로는 첫 성공을 거둔다. 뒤라스는 이제 명실상부 문학, 영화, 연

극 세 분야에 걸쳐 재능을 인정받는다.


1966     『부영사』 출간.

영화 〈라 뮈지카〉 감독. 폴 스방과 공동 연출. 제라르 드파르디외

출연.


1967     『영국 연인』 출간.


1968     5월 혁명 때 '작가-학생 위원회'에 적극 가담한다.

『영국 연인』 희곡 출간.

희곡집 2권 출간. 「수잔나 앙들레르」, 「숲속에서 보낸 나날들」, 「예스」,

「아마도」 수록.

1969   『파괴하라, 그녀는 말한다』 출간.
       같은 해에 영화로도 만들어지는데, 뒤라스의 첫 단독 연출작이다.

1970   『아반 사바나 다비드』 출간.

1971   낙태와 피임 합법화를 주장하는 '343 선언'에 시몬 드 보부아르, 잔 모
       로 등과 함께 이름을 올린다.
       동화 『오! 에르네스토』 출간.
       『아반 사바나 다비드』를 〈노란 태양〉이란 제목의 영화로 연출. 미셸
       롱달 출연.

1972   『사랑』 출간.
       『사랑』을 〈갠지스강의 여인〉이란 제목의 영화로 연출. 제라르 드파르
       디외, 디오니스 마스콜로 출연.

1973   시나리오집 『나탈리 그랑제』 출간 및 영화 연출. 노플르샤토에 있는
       뒤라스의 집에서 두 주간 촬영했다.
       희곡집 『인디아 송』 출간.

1974   영화 〈인디아 송〉 연출. 미셸 롱달 출연. 소설 『부영사』를 토대로 만들
       어졌다.

1976    캉에서 진행된 영화 〈인디아 송〉 상영 및 토론회에 참석하고, 여기서
        훗날 얀 앙드레아가 될 학생 얀 르메와 처음 만난다. 이후로 얀 르메
        는 뒤라스에게 5년간 편지를 보내지만 답신을 받지는 못한다.
        희곡 「수잔나 앙들레르」를 〈박스터, 베라 박스터〉라는 제목의 영화로
        연출.
        영화 〈숲속에서 보낸 나날들〉 연출. 마들렌 르노, 뷜 오지에 출연.

1977    시나리오집 『트럭』 출간 및 영화 연출. 제라르 드파르디외와 뒤라스의
        낭독으로 이루어져 있다.

1979    시나리오집 『밤배』 출간. 「케사리아」, 「부정적인 손」, 「오렐리아 슈타
        이너」가 함께 수록됨. 수록된 단편들 모두 뒤라스에 의해 단편영화로
        연출된다.

1980    알코올중독으로 병원에 5주간 입원했다가 퇴원한 뒤 얀 르메에게 답
        장을 쓴다. 뒤라스는 6개월의 금주 뒤에 다시 알코올에 빠지고, 어느
        밤, 얀 르메에게 전화해 트루빌의 아파트로 오게 한다. 이후로 그녀가
        얀 앙드레아(앙드레아는 얀의 어머니의 성이다)라는 새 이름을 부여한
        이 서른여덟 살 연하의 양성애자 청년과 죽는 날까지 함께한다. 얀은
        뒤라스의 삶의 동반자이자 개인 비서였다.
        『베라 박스터 혹은 대서양의 해변들』, 『복도에 앉은 남자』 출간.

에세이 『80년 여름』 출간.

1981    희곡집 『아가타』 출간.

1982    『대서양의 남자』, 『죽음의 병』 출간.
        희곡집 『사바나 베이』 출간.

1984    『연인』 출간. 공쿠르상 수상.
        영화 〈아이들〉 연출. 동화 『오! 에르네스토』에서 시작되었고, 1990년
        에 다시 소설 『여름비』로 재탄생한다.

1985    프랑스 사회를 뒤흔든 미제 유아 살인사건인 일명 '그레고리 사건'에
        대해 친모를 아이 살인범으로 단정하는 칼럼 「숭고한, 필연적으로 숭
        고한」을 싣는다.
        『고통』 출간.

1986    『파란 눈 검은 머리』, 『노르망디 해안의 매춘부』 출간.

1987    『에밀리 엘의 사랑』 출간.
        인터뷰집 『초록 눈동자』 출간. 80년에 영화잡지 〈카이에 뒤 시네마〉에
        수록된 인터뷰들을 단행본으로 엮음.

에세이 『물질적 삶』 출간.

1990    『여름비』 출간.

1991    『북중국의 연인』 출간.

1992    『얀 앙드레아 스테네르』 출간.

1993    에세이 『쓰다』 출간.

1995    에세이 『이게 다예요』 출간.

1996    3월 3일 파리의 아파트에서 82세를 일기로 사망. 몽파르나스 묘지에
        묻힌다.
        2014년에 사망한 얀 앙드레아도 그녀 곁에 묻힌다.
        얀 앙드레아는 뒤라스의 알코올중독 치료 기록과 두 사람의 열정적인
        관계를 각각 『나의 연인 뒤라스』(1983)와 『이런 사랑』(1999)으로 집필
        했다. 『이런 사랑』은 2001년에 영화화되었으며 잔 모로가 뒤라스 역
        을 맡았다.
        2001년 마르그리트 뒤라스상이 제정되고, 아니 에르노, 파트릭 모디
        아노, 크리스토프 바타유 등이 이 상을 수상했다.

ㅈ

ㅋ

ㅌ

ㅍ